黑夜的狂欢

여수의 사랑

[韩]
韩江
著

崔有学 译

国文出版社
·北京·

图书在版编目（CIP）数据

黑夜的狂欢 /（韩）韩江著；崔有学译. -- 北京：国文出版社, 2025. -- ISBN 978-7-5125-1761-5

Ⅰ. I312.645

中国国家版本馆 CIP 数据核字第 2024KU2757 号

版权登记号　图字：01-2024-5678 号

여수의 사랑（YEOSU'S LOVE）by Han Kang
Copyright © Han Kang 1995
This edition arranged with ROGERS, COLERIDGE&WHITE LTD (RCW) through Big Apple Agency, Inc., Labuan, Malaysia.
Simplified Chinese edition copyright: 2025 by Beijing Xiron Culture Group Co.,Ltd.
All rights reserved.

黑夜的狂欢

著　　者	[韩] 韩江
译　　者	崔有学
责任编辑	苗　雨
责任校对	崔　敏
选题策划	魏　凡
出版发行	国文出版社
经　　销	国文润华文化传媒（北京）有限责任公司
印　　刷	嘉业印刷（天津）有限公司
开　　本	880 毫米 ×1230 毫米　　32 开 7.75 印张　　　　　　　140 千字
版　　次	2025 年 2 月第 1 版 2025 年 2 月第 1 次印刷
书　　号	ISBN 978-7-5125-1761-5
定　　价	58.00 元

国文出版社
北京市朝阳区东土城路乙 9 号　邮编：100013
总编室：（010）64270995　　传真：（010）64270995
销售热线：（010）64271187
传真：（010）64271187-800
E-mail：icpc@95777.sina.net

目录

丽水之爱 ...001

黑夜的狂欢 ...049

夜行列车 ...113

疾奔 ...159

金达莱山脊线 ...183

红锚 ...211

丽水之爱

牢记着受伤的年代

记着那些扑面而来的雨夹雪

这里是一个温暖的国度

——金明仁的诗《丽水》

丽水[1]在她的海岸线上，那些生了锈的铁船此时应该还在用哀痛的声音哭号着，丽水湾冰冷的海流也应该与那些像瘀了血的肌肤一样暗青色的岛屿纠缠在一起，蜿蜒曲折。夜幕降临，每一个码头都将点亮焦黄色的灯泡，港湾临时建筑之间将

1　丽水：位于朝鲜半岛南部海岸中段的丽水半岛，东边与庆尚南道南海郡隔海相邻，西边与高兴半岛（位于全罗南道东南端的宝城湾和顺天湾之间的半岛）共享景色秀丽的顺天湾，南边是大海（朝鲜海峡），北边紧挨韩国全罗南道重要节点城市顺天市，市属海岸线长度约为905.87千米，辖区内有大陆架岛屿3个、有人岛46个、无人岛268个，是韩国著名的海滨城市之一。美丽的"多岛海"海上国家公园与蜿蜒曲折的海岸线别具一格，吸引着大批国内外游客。这座城市还留存着李舜臣将军的历史遗迹，他是朝鲜王朝时期（明万历年间）抵抗日军侵略的功臣。2012年此地曾成功举办世博会。——译者注

燃起殷红的晚霞，咸涩的海风不时吹翻雨伞并把女人的裙子和头发吹向半空。

"这是到哪儿了？"

雨水像女人痛哭时不停涌出的泪水一样，沿着列车车窗的玻璃流出好几条斜线，窗外时不时有闪电划过。轰隆隆的火车车轮声像是在连续击垮和碾轧着什么东西，凄厉的雨声撕裂着心肺，令其永远无法愈合，隐约的雷声被吞没了。阴森的天空下，树木不想被风雨连根拔起，使出全部力气抗拒着。湿漉漉的树干和枝条弯曲得马上就要断了似的。褪色的落叶像无数红黄色的小火星，沿着风的方向飞散。稍大一点的阔叶树还算沉着，而那些幼嫩的小树和芦苇丛已经被摇晃得全身心浸透在痛苦中，它们和紧紧抱着它们根的大地，都在用惊人的力量忍耐着。车窗的雨痕像无数片大麦叶子，挠着车窗和我充血的眼睛。手表指针大致指向下午四点，列车距离终点站丽水还有将近两个小时的路程。

我松开十指交叉的手，垂在腰下，上身紧贴在散发着淡淡腈纶味道的座椅靠背上。因为好几天都没有睡好，眼皮自动合上了，但心脏还是很焦躁地怦怦跳，紧紧抓着尚有的意识。眼前的黑暗里，开始有一些鱼在盘旋。半径不足二十厘米的圆形鱼缸里，几条青绿色水草在急速飘舞。金鱼画着圆，用透明的鱼鳍触碰着水草，一条、两条、三条……突然，我像一下踏空了两级台阶一样，打了一个激灵，从浅睡中醒了过来。

那些鱼死了。

昨天早上，我把第六条也是最后一条死掉的金鱼装进塑料袋，扔进大门外的垃圾桶。慈欣离开的四天里，她那些鱼每天早上都会有一两条翻着煞白的肚皮浮在水面上。我明明照着慈欣的做法尽心喂了食也换了水，但还是没能阻止它们死亡。

鱼缸里的水没用了，我把它们倒进下水道口，然后用洗涤液清洗滑溜溜的玻璃鱼缸内部，再用干抹布擦净水分，扣在隔板上。就在这时，突然一阵恶心，随着"哕——"的一声，我吐在了水槽里。为了把胃里剩下的东西吐干净，我把食指伸进了喉咙深处，还没溶化的蓝色、黄色药片和胶囊裹着黏糊糊的胃液被吐了出来。光是看着这些，我又一阵恶心，便把那些药片冲进了下水道口。

每次呕吐完，我都会回味起那股熟悉的、夹杂着某种妥协和悔恨的情绪，然后拧开水龙头，用散发出消毒药水味的自来水漱口。我用膝盖抵着厨房的台阶打开了门，脱掉胶拖鞋扔在一边，整个人瘫倒似的趴在了地板上。因为不想在这种时候想起慈欣的声音，我用额头撞击地板，不停地摇晃脑袋，但低沉的幻听已经逼近耳畔，抚摸着我发闷的耳膜。

"……为什么要做这种事？"

这是第一次发现我把手指伸进喉咙催吐的那个晚上,慈欣抛来的提问。慈欣的眼睛、鼻子、嘴巴没有什么特点,如果不留心看,下次遇到了可能会认不出来。而这种长相的慈欣,声音却惊人地动听。

"把手指伸进喉咙,正常人也会胃痉挛的。正善,医生也知道你这样吗?"

我把头埋在水槽里,慈欣抱紧我的肩膀,像是埋怨一样又问道。我无视她急切的提问,把嘴靠向水龙头,不停揉搓和冲洗已干净的舌头和上颌。

"别管我。"

我喘着气嘟囔道。

"脏,脏得我受不了。"

那晚,我像往常一样,不停地跑到水槽边用肥皂清洗手和脸,明明已经很干净了却停不下来,手指被我搓得肿起来了。一番折腾后,我最终还是吐了。

"什么?什么东西脏?"

我没有回答。一阵恶心的感觉涌上来,我推开扶着我肩膀的慈欣,再次把头扎进水槽里吐了起来。生理性泪水顺着因洗了整晚而变得火辣辣的脸滑落下来,打湿了脸颊和脖子。透过被泪水模糊的余光,我看到光着脚的慈欣不知所措地站在洗手间地板上。

"别再吐了。"

慈欣拍着我的背小声说道,她冰凉的手指想要抚摸我发烫的额头和脸颊。我甩开那只手,慈欣把无处安放的十根手指擎在半空,失落地嘟囔着。

"现在好了……别再吐了。"

如同日落时分退去的潮水一样,幻听也逐渐消失了。晚秋上午温暖的阳光从自炊房[1]的整扇玻璃窗照射进来。我把趴在地板上的身体侧过来躺着,眯起了双眼,胸口像被撕裂一样疼。阳光下,无数灰尘颗粒飘浮在寂静的空气中,我突然感觉这场景好美。灰尘像雨夹雪,从遥远的天空飘舞下来,融入温暖的大海浪涛……那是丽水的雨夹雪。

列车依旧穿过风雨飞驰着。

受潮的扬声器里传来了列车长不清晰的声音,列车即将抵达南原火车站。穿着寒酸的妇女们三三两两站起来,从行李架上取下行李又拿出雨伞,列车内一时变得闹哄哄的。到丽水还有好几站。

慈欣的名字并不常见,每当有人问到是哪两个字,她都会简短地回答,"是欣喜的欣"。那时,她总是习惯性地露出一个

---

1 自炊房:韩国的一种出租屋,提供炊具并允许入住者自行生火做饭。——译者注

笑容，但那笑容与她名字的含义完全不符，丝毫没有喜悦的意味。有一次，我也曾向她问过同样的问题，心里却暗暗期待听到"痕迹"[1]或"印记"这样略带忧郁色彩的字眼。听到她出乎意料的回答并看到她的笑容时，我竟恶意地联想到了"伤痕累累"这个词。或许是因为我看到了比我小两岁的二十六岁姑娘眼里的忧愁，还有那漠然、疲惫的微笑中透出的无数岁月的创伤。

那时，我猜测那忧愁或许是知性的阴影，但是现在想想，那只不过是孤独的表情，也是很容易在长期等待着什么的人脸上看到的表情。从站台上等待列车的面孔中，从深夜里紧握着公交车把手望向窗外辉煌霓虹灯的眼神中，在早高峰拥挤的地铁里无言挣扎的人们干瘦的颧骨上，都可以感受到同样的表情。"是欣喜的欣"，慈欣说这句话时的声音听起来很孤独，就好像汇集了所有人的孤独一样。

我与慈欣是在去年晚春相遇的，那是一个头发都快被烤焦的烈日炎炎的周日下午。

那时我正在寻找可以合租自炊房的人。以全租[2]形式租下那个房子的大学学弟一年前去服兵役时，按月租形式租给了

---

[1] 在韩语里，"痕"和"欣"的发音一样。——译者注
[2] 全租，韩文词语为"全税"，指向房东交付一定金额的押金，获得一定时间的房屋免费使用权，期满还房时全额退还押金的租房模式。——译者注

我，从那以后我每个月都给那位学弟在釜山的母亲汇三十万韩元。工资不多，无法独立承担月租，所以我一直和别人合租，但她们来了不到三个月，就都收拾行李走了。

最后一个室友是朋友的高中学妹，她正在读硕士，所以书特别多。从各种月刊、季刊到教育类书籍，还有很多单行本，四坪[1]多的房间里，这些书就占据了一半。再加上我的书也不少，所以偶尔来访的朋友会开玩笑说我们家是简易图书馆。晚上下班回到家，开门的一瞬间就会有一股旧纸味儿和霉味儿侵入鼻子，令人无法忍受。我经常一大早起来用抹布擦拭书架，就算上班迟到也不管不顾地翻开所有书本，抖搂里面的灰尘。学妹本来就对早晚都擦地、反复洗手的我心怀不满。有一次睡醒后看到大扫除的场面，她大吃一惊，说穿着睡衣、披头散发、瞪大眼睛抖搂书的我就像一个幽灵。

因为脏，因为无法忍受的脏，我把学妹手提包里的薄诗集拿出来抖了灰尘。天还没亮就打开窗户驱散屋里污浊的空气，然后又洗了擦过书架和窗框的抹布。即便这样，我还是到了忍无可忍的程度。一天晚上，我问学妹："旧到发黄褪色的书能不能装到纸箱里，放在厨房？"她听后目瞪口呆地对上我急迫

---

[1] 坪：韩国人惯用的面积单位，1坪约为3.3平方米。韩国房屋的坪数通常情况下不包括阳台及间隔墙的占地面积与公摊面积，可以简单理解为纯粹的使用面积。——译者注

而期待的目光。

"……我还是搬走比较好。"

沉默几秒后,学妹用沙哑的嗓音说道。

下周日,学妹搬走了。她把所有的书用绳子捆好放进箱子,装满了小型搬家货车,然后用还没消气的语气对我说:

"请不要生气啊。……依我看,姐姐需要治疗。"

直到遇见慈欣的那个周日下午,我几乎一直处于自暴自弃的状态。我的洁癖已传得尽人皆知,了解我的人都听说了这件事。想到和我合租过的那些人到处散布关于我的流言,我的神经更加紧绷。我对她们毫无恶意,可她们决然离开,不仅没来看过我,连一通问候的电话也没有打过,这让我暗自受伤。更何况那些由熟人介绍而认识的人,我更是无颜面对。想到可能会因此失去所有曾经要好的朋友,这种恐惧让我难以忍受。最后,我下定决心干脆找陌生人合租。

那天下午,我在三张十六开白纸上用黑色签字笔写上了求租事项,"求合租人(女)。带洗脸池的小房间。月租十五万韩元,房租预付,无押金",然后很认真地附上了我的电话号码和地图。社区很小,感觉三张启事足够了,我打算如果过段时间还找不到想合租的人,再在地方报纸上刊登广告。

我拿着简陋的求租启事和胶水瓶走出大门的时候,人迹寥寥的小巷子里铺满了午后强烈的阳光,不知从谁家飘来用热水烫衣服的味道。巷子尽头联排住宅[1]的游乐场上，隐约传来孩子们的奔跑打闹声。我往第一根电线杆上贴求租启事时，总感觉有人在看我，便回头瞟了一眼。

一个陌生的年轻女人正看着我，她独自站在三米开外的一栋独户住宅门口，脚边放着两个大旅行包，一手拎着印有细碎几何纹样的大包裹。本以为巷子里没有人，所以我有些惊讶，怎么就没看到拎着大包小包的人呢？边想边走出巷子，我突然心里一动，又回头看了看。

女人不再看我了，她把包裹夹在腋下，双手拎起两个旅行包，吃力地在阳光中挪动了几步，又把行李丢在了泥地上。她披着过季的厚外套，脸上汗流不止，连手绢都没有，只是用看起来不太干净的手掌擦拭着汗水。她太专注于擦脸的动作了，看上去像是要把五官从脸上统统抹掉，不留一丝痕迹。固执的动作就像在用钝刀削着坚硬的水果皮。

我把剩下的启事贴在社区超市配套的公用电话亭和公交站旁电影广告板的空白处，然后把胶水瓶揣进运动服口袋里拍着手沿巷子往家走。我穿过半掩的大门走进房东家院子时，坐在木廊台上择地瓜梗的房东奶奶抬头问道："你贴了什么广

---

[1] 联排住宅：由若干四层以下独立产权住宅组合而成的住宅群落，建筑总面积大于660平方米，单元房独立配备洗澡间、洗手间。——译者注

告吗？"

这么快就发现了？我有点尴尬，刚要回答，就看到坐在木廊一边的女人缓缓起了身。是刚才在巷子里见到的那个女人，因为和刚才一样毫无存在感地坐着，所以我没发现她在那里。

"这位姑娘说是看广告找过来的……"

女人向我微微点头致意，无声地笑了一下，那是一种纯洁得像白痴一样的笑容。我近距离看到女人被汗水浸湿的头发非常凌乱，厚厚的冬季外套上纽扣也扣错了一个，这使得小腿处的下摆变成了 L 形。古铜色皮鞋因为没有经常擦，已经接近黑色了，鞋底裂开了半拃，走路时会露出脚部的皮肤。

尽管衣着破旧甚至有点古怪，却没有给人不正常的感觉，这完全是因为她脸上孤独的表情。女人看起来浑身疲惫，像是经过了长途跋涉，满脸的倦意和放松，让人有种沐浴在夕阳下的逆光中一样温暖而舒适的感觉。这种奇怪的氛围让我对这个衣冠不整的女人产生了莫名的好感，甚至内心萌发了帮她洗外套的冲动。

"您是在旅行吗？"

和女人一起经过厨房进入房间时，我随口问道。她好像没有听见，只是用茫然的眼神环顾着房间内部。

"没有鱼缸啊。"

这是她跟我说的第一句话。她的语气温柔且开朗，完全不像寒碜、狼狈的第一印象。

"我喜欢有鱼缸的房子。"

女人嘟囔了一句后,"扑哧"一声笑了出来。一刹那,在她纯真的笑声中,无比冷清的房间顿时像被提亮了一个色调一样充满了生机。

简单互通姓名后,我东一句西一句列出了几条原则:"生活费每月十万韩元,和月租一起交,税金、伙食费、取暖费等都省着用,不够的话再平摊。虽然应该不会有这种事,但万一有结余,就存入存钱罐,将来分开时平分。"她马上从外套内兜拿出一个白信封,数出二十五张一万韩元的纸币递给我,然后问道:

"那今天开始就可以住吗?"

我不知所措,犹豫地接过纸币,她脱下沉重的外套随手扔到地板上,"啊!啊!"她忧郁的眼睛里重新放出了光,像是刚刚从噩梦中醒来。她好像突然想起了什么似的说道:

"请给我一杯水。我渴了。"

越往南走,车窗外的山势越平缓,雨势则越发大了起来。沿着枫叶染红的山脊,土黄色水田绵长地延伸着,田里空空如也,稻子已经收完了。立在田埂上的稻草人不停地晃动着,破烂的衣服被雨水淋透,无声地随风摇摆。

邻座一个年近六旬的女人对我说,她在各节车厢来回走动,看到并排空着的座位就躺在那里休息,这样睡了三个多小时,直到被座位主人要求让座才回到自己的座位。

"我很舒服地睡到了现在,我不在的时候,姑娘你也躺着睡一觉多好!"

笑容满面的女人炫耀完之后,不一会儿又进入了沉睡。好像是在做噩梦,从嘴里偶尔发出"哼……哼……"的呻吟声,却也没有从睡梦中醒来。沉睡的脸上布满深沟和细纹,就好像深深地刻着一生的悲伤,已褪色的乳白色罩衫袖口露出里面皱巴巴的白色秋衣。

"……上回的药,吃了反而想吐。"

昨天下午,清空鱼缸后呕吐,胃痉挛导致眼胀和头痛,我用食指按着右上眼皮对医生诉苦,不到六十岁的医生抬起过早长出老年斑的光头,嘴角露出端庄的微笑。

"吃了药再吐的话就不好办了……给您开药性弱一点的。"

医生的圆珠笔笔尖在纸上飞快地滑动着,给我开处方,能暂时缓解我顽固性疼痛的妙方。

"您过劳了吧?"

突然,医生像算命师傅一样问了一个自己已经确定的问题。

"把心放宽,喝几天粥吧。"

我顺着医生的手势躺在检查床上，他用冷冰冰的听诊器敲了敲我的剑突和肚子。当医生老练的手指在腹部四下按压的时候，我想闭紧嘴巴，却还是发出了短促的呻吟。

"这次有点严重啊。今天打两针……明天能过来吗？"

医生坐回自己的座位上，写完那张处方。我从检查床上坐起来整理上衣，灿烂的阳光透过诊室窗帘照射进来。啊，今天是周五，是休假的第一天，是从繁杂的公司日程中好不容易挤出来的休假，加上周末共三天两夜的假期。明天我不应该还留在首尔，而是应该在七点三十分开往丽水的首班列车上。

"明天有点难，其实……"我忍着痛说道，"我今天到后天休假，有要去的地方……"

为什么要去丽水？我突然冒出这个念头，就没再往下说。在那里，我能找到谁，能找到什么吗？

"啊，那样的话，看看情况，周一再过来吧。给您开三天的药。"

老医生递来处方笺，敷衍地说："祝您假期愉快。"已经是三年多的"回头客"了，这位医生能很清楚地看透我的内脏和脑子。第一次找到这家医院时，我被痛苦和恐惧压抑着，医生瞥了一眼我那满是汗水和泪水的脸，他的眼睛里闪过一丝诧异。

那是已经过了大雪节气的晚冬，得了恶寒的我用激昂的声音颤抖着对医生喊道:"……不知道这是第几次了,刚要忘掉就又变成这样。我还这么……这么年轻啊。在大学附属医院做了胃镜,说没有任何异常,说什么病都没有。这世道还能这样吗?我很疼,是真的很疼!"

从没有对任何人一下子倾诉这么多痛苦,我心跳得很厉害。老医生对我的诉苦似听非听,诊察结束后用一贯的断定语气问了一句:"您过劳了吧?"

因为听到那句冷淡而公事公办般的评价,因为这位冷淡的医生也承认了我一直深受疲劳折磨的事实,我没有感到不快,反而得到了某种安慰。也因此,在辗转多家内科医院后,我成了这家位于市场里一栋破旧建筑二楼的医院的常客。

那天,被冷冰冰的护士在屁股上打了针之后,我从阴暗的医院楼梯下来,走到医院与游戏厅共用的门厅,发现外面不知何时开始飘起了雪花。打开那扇防晒贴膜脱落了好几处的玻璃门,走出去的一瞬间,冰冷的空气一下子钻进了外套。我睁大眼睛直视天空,洁白冰凉的雪花凝结在睫毛上。

昨天下午,从三年毫无变化的阴暗的门厅走出来时,秋天的阳光正洒在市场的建筑与街道上,发出耀眼的光。打针的地方又酸又痛,我一瘸一拐地向地铁站走去。走到地铁站入口的台阶时,我无意间环顾了一下四周,结婚礼服租赁店的橱窗里陈列着缺了一条胳膊的半裸人体模型,旁边的地下餐厅招牌上挂着成串的彩灯，上面落了厚厚的一层灰。

地铁里挤满了失业者、大学生和中年妇女，我的身体随着地铁的震动轻轻摇晃，药劲顺着血管和淋巴管迅速散开。眼胀和头痛渐渐平息，僵硬的肠胃也逐渐变软了。原来这疼痛也能消停下来，但在昨晚，还有无数个相似的夜晚，我都不敢相信会有这种宁静的瞬间。就像每当夜深就无法相信黎明会来、冬天来临时就无法相信春天会来一样，我常常被困在愚蠢的绝望中。地铁在黑暗的隧道中行驶。我凝视着那些映在玻璃窗上像电影画面一样摇晃的陌生面孔，如同不知道去处的人一样茫然地站着。我想，现在是不是该回到自炊房了？那个我往口袋里塞上医保证和钱包，摇晃着身子走出来的潮湿的地方，要再回去吗？要在冰冷的厨房里煮好白粥后勉强吃下去吗？要按时把口服药拿出来倒进嘴里吗？明天我还有可能去丽水吗？过去了二十多年，真的想去吗？

我攥紧拳头怒视着漆黑的地铁玻璃窗，指甲都快抠进手掌了。

慈欣和我的合租生活用一句话来概括：就像水和油一样。有一次来我们自炊房做客的一位前辈说，"你们俩长得跟亲姐妹一样"，那纯粹是因为我俩有一个共同点——疲惫的神色。

慈欣最让我受不了的就是她对钱的态度。慈欣经常把自己的东西乱丢在随处可见的地方，不仅在梳妆台、灶台，连厨房门槛上都会冒出一些公交车代用币和硬币，甚至连一万韩元的纸币都经常乱放。刚合租时，慈欣没有工作，看起来手头有些紧，但她始终对钱毫不在意。大概一个月后，她在对面街道的缝纫厂找到了工作，从那以后这种习惯反而变本加厉了。

对慈欣到处乱放钱这件事，我多次表示过不满。我的性格是喜欢让一切都清清楚楚，我讨厌杂乱，更是从小就被教育不能那样随意放钱。"难道你是连占有欲都没有的人吗？"我叮嘱过，哀求过，也追问过，但每当这时，慈欣只是微笑着连连点头，丝毫没有改变的迹象。

让我反感的不光是这一点。与瘦小身材形成反差的是，慈欣的动作很大，关门时总会发出巨大的响声，不知道的人会以为她生气了。第一次看到她盛完饭后"嘭"的一声合上电饭锅盖时，我甚至怀疑她是因为不是自己的东西才这么不爱惜。好在没过多久，我就了解了慈欣，她的所有行为都源于无恶意且无原则的性格。

慈欣对待自己的身体也很随意。换衣服的时候，我经常看到她身上左一块右一块的瘀青，像被人打过一样。她在工厂里也经常被针扎到手，手指上没有一天不贴着创可贴。周末我们一起去市场，慈欣特别容易撞到别人的肩膀。她经常会看不到玻璃门，就那样直愣愣地走过去，撞伤自己的额头和膝盖。她还会陷入思绪不能自拔，听不到后面驶来的车辆发动机声，让我跟着担惊受怕。和慈欣走在一起，我就像带着小孩的人一样，生怕她被车撞到或被什么绊倒，一刻都不能安心。但慈欣本人总是像被不为人知的强大力量保护着一样，从容且漫不经心地阔步走在大街上。

这样一个漫不经心地对待所有事情的人，唯一珍惜的是那些鱼。开始合租的第三天晚上，我下班回家，慈欣高兴地迎过来，顺手指了指鱼缸。几条指甲大小的金鱼正在水里悠闲地游来游去，慈欣笑着问道：

"好看吧？"

连裙子内衬破了都能用透明胶带贴上接着穿的慈欣，对那些鱼倾注了难以言表的真心，一天喂两次足量的食物，两天换一次干净的水。饲料没了，即便是深夜，她也会跑遍整个市场，买回来一大包。吃剩的面包和蛋糕碎末，都归那些小鱼。每次慈欣都要仔仔细细地把蛋糕纸上的碎屑刮下来，生怕浪费了一丁点。全部撒到水面上后，她就会目不转睛地端详着那些忙碌吞食的小鱼。忘了是什么时候，她曾自言自语地说道：

"……世上所有的水都会流向大海，而那个大海是和丽水前海混在一起的。"

慈欣得知我的故乡是丽水后，忧郁的脸上泛起兴奋的笑容，一有空就想和我聊关于丽水的事。

"我不喜欢那里，也不喜欢关于那里的事。"

好几次我都这样斩钉截铁地对慈欣说，但她并没有认真听。我告诉她，我七岁就离开了丽水，之后一直在外公家所在的水原[1]长大，所以水原才是我的故乡。慈欣用孩子一样的语气反问："就算是那样，故乡怎么会变呢？"不知所措的我继续告诉她，自从离开以后，我再也没有回过那个五岁时母亲去世、七岁时父亲去世的地方。但也无济于事，慈欣听不懂我的话，她总是闪烁着乌黑的双眼，提高嗓门叽叽喳喳地说个不停。

"见过丽水港夜晚的灯光吗？徒步跨越过突山大桥吗？见过突山岛竹圃海岸耀眼的天空吗？去过梧桐岛吗？梧桐岛上那些山茶树的树皮好像总是在流着眼泪……"

一天，当我把一碟辣酱拌毛蚶端上饭桌时，她突然放下手中的勺子，抖动着肩膀痛哭起来。面对她不知缘由的哭泣，我只能安慰她，慈欣边抽泣边重复着让人摸不着头脑的话。

"……丽水，像是丽水在哭泣。"

当我问慈欣的故乡是哪里时，她像是被问到了难以启齿

---

[1] 水原市：韩国京畿道首府，人口约 130 万，向北 30 千米即为首尔市，是首尔通往韩国南部各地区的交通门户。——译者注

的隐私，红着脸转过头。一阵尴尬的沉默过后，她回答说是仁川，但过了一会儿又改口说是全州，接着她又说不对，是南原，最后连参礼、谷城、顺天都被搬了出来。

"……不是的，其实是丽水。"

看了一眼我瞠目结舌的脸，慈欣最后这样说道。我半信半疑地追问她曾经住在丽水的什么地方，她慌张地支支吾吾起来。

"不太清楚……因为很小就离开了那里。"

虽说我也是小时候就离开了丽水，但像美坪、丽西这几个洞[1]的名称都还记得。当我问慈欣几岁离开丽水时，她默默躲开我的视线。我感到自己给她带来了巨大的痛苦，于是只好闭嘴。

但是，问慈欣离开丽水后的生活，她却回答得很爽快。关于仁川、束草、大邱、忠武、光州，还有其他小城市，慈欣像唱歌一样用天真的语气讲述着。

"……除了济州岛，算是几乎在每个地方都生活了一年以上。"

慈欣说她八岁时父亲在全州去世了，之后母亲带着她去忠武开了家餐馆。几年后，母亲与别人介绍的男人再婚，慈欣在继父家所在的大邱生活了一年左右，后来搬到母亲娘家所在的

---

1 洞：韩国的行政区划，是下辖于区的四级行政区。——译者注

束草。她在束草读完高中后又回到大邱，在母亲给介绍的小书店里当店员，包吃包住了一年左右。

"……在那里还有过一段爱情呢。"

慈欣露出茫然且孤独的笑容，主动谈起了我从来没有问过的事情。

"……巴掌大的书店里能有什么好看的？有个大学生每天都皱着眉头，来找那些我连书名都没听过的很难懂的书。为了先读一读那个人预订的书，我经常熬夜。书中的内容都是死亡、命运、凄惨、孤独什么的。每次看他买走被我连夜读过的书，我都会心痛。他看起来最多也就二十三四岁，应该是无忧无虑的年纪，却只读那些压抑的书，脸色总是那么暗沉，我很不喜欢……本来只是不喜欢，不知从哪天起，结束一天的工作后，我在里屋蜷着身子睡觉时，就会想起那个人。

"想握住那个人的手，想抚摸他的衣领和脸颊。现在，如果那个人就躺在我身边，该有多好啊，该有多幸福啊……

"'在一起''现在就在一起'，就这样像咒语一样念着进入梦乡。每次睁开眼睛时，那个人却不在身边。这本是再正常不过的，我却无法忍受。因为想见他，哪怕只是一瞬间，哪怕就听他说一句话，我开灯在书架旁徘徊起来，随便捧起一本书，一遍又一遍地读着根本看不进去的那些文字……就这样好不容易睡着了，清晨醒来就会发现整个枕套都是湿的……"

慈欣说，一天晚上她终于下定决心，等那个大学生再来买书时表达自己的心意。可是，几天后，到书店买书的那个大学生身边站着一个陌生的年轻女人。大学生的脸上没有了平日里的忧郁表情。他手忙脚乱，说话吞吞吐吐，女人随口说出的话也让他不知所措。用慈欣的话说，那个女人虽然看起来像洋娃娃一样漂亮，但"仅此而已"。大学生好不容易挑了一本书，在扉页上认真签名后递给了女人，那是当时新翻译出版的英美恋爱诗选集。大学生和女人离开后，慈欣打开那本诗选集，读着读着竟流下了眼泪。

"我现在还记得那本书的第一段——爱，你是我灵魂急切渴望的一切……"[1]

慈欣的眼睛亮闪闪的，低声笑了。

"我像不像傻瓜？"

几天后慈欣拎着行李离开书店，去昌原一家很小的贸易公司当了出纳。这家公司倒闭后，她就到处游走，过起了"月光族"的生活。也许是因为从小就过惯了漂泊的日子，在一个地方待上一年就想离开，这样辗转全国各地后，她来到了首尔。两个旅行包，装着过季衣服的包裹，还有不久前在天安领到的最后一份奖金和工资，这就是慈欣的全部财产。她带着这些东

---

[1] 出自埃德加·爱伦·坡《致乐园中的一位》。

西来到了首尔城郊的这个街区。

"我住过的所有城市中,首尔最没有人情味儿。"

结束了长篇大论的慈欣,以一副历尽沧桑的面孔抛出了这句话。

"……我可能待不了很久。"

听着慈欣最后的独白,我脑海里一个原本模糊的事实变清晰了——

她是没有未来的。

我不清楚是什么抹掉了如此年轻的她的未来,让她没有任何希望地从一个城市辗转到另一个城市。我只知道她已经很疲惫了,像在全世界流浪了一千或两千年的人那样孤独。但令人感到神奇的是偶尔在慈欣脸上露出的笑容,疲于一切但决不放弃一切的纯洁且灿烂的笑容,会一瞬间魔术般抹去她的黑暗。看着这样的慈欣,我常惊讶地想,人怎么能如此没有希望地肯定这个世界?

每次和慈欣并排坐着看《九点新闻》时,我总会不由自主地蹦出来一两句:"狗崽子们!""这帮疯子!"每当这时慈欣就会笑着即兴哼起曲调:"狗崽子们,狗崽子们,狗崽子们……"慈欣把我刚才吐出来的脏话当作歌词,在进出厨房和卧房的时候哼唱。她没完没了地唱着那首歌,让我感到她在取笑我。有一次,我忍无可忍,刚想转过头制止她时,却意外地发现慈欣的脸上没有笑意,反而多了一份牢不可破的平和。"狗崽子们,坏家伙们,肮脏的家伙们……"这样粗俗的歌词,曲调却像哄小孩睡觉那样柔和温暖。我一时间不知道要不要指责她。这个女人是谁?她到底在想些什么?我只能茫然地望着慈欣的脸。

总是这样。慈欣第一次见到我胃痉挛时,就像姐姐或妈妈一样,让我平躺着,给我揉肚子。慈欣的手掌很温暖,不停地揉着我的肚子,一点也不嫌烦,手上满是心疼和关爱。她把我散乱的头发拨到耳郭后面,说道:

"医生怎么说?对正善来说,带着痼疾活下去,还太年轻了……"

没揉多久,我说已经好了,慈欣开心得差点要蹦起来。

"我的'药手'有效果啊!那合一会儿眼吧。"

为了应对无数个痛苦的夜晚,我总会在书桌抽屉里存放一些精神镇静药。这些小小的药片比内科医生开的那些蓝色或黄色口服药还管用。等到旁边的慈欣入睡后,我起身一口吞了药片,感觉到自己的身体像受寒的人一样瑟瑟发抖。

为什么会变成这个样子?我一边这样想一边把水杯放到书桌上,钻进被窝。此时的慈欣在凌晨的黑暗中正有规律地发出安静的呼吸声。慈欣的脸一片平和,让人不禁感到神奇,一个成年人竟然可以那样瞬间入睡,好像世上的一切痛苦和悔恨都随着她天真的灵魂一起睡着了一样。

后来，她那样的面孔我也见过好几次。慈欣只要往被子上一躺，还没等我关掉日光灯，就已进入睡眠。有一次，她神采奕奕地对我说道：

"我无论在哪儿，只要头挨枕头，就能睡着。"

但是到了清晨，闹铃响起，从窗户透进乳白色的光线时，慈欣会流着冷汗、紧闭双眼继续躺着。当我要开灯准备上班，开始进出于厨房时，慈欣会支起上半身，依旧闭着眼睛。慈欣的脸被散落的蓬松头发遮住一半，没有血色，嘴角和脸颊长满了皮癣，就像搽了一层厚厚妆粉的小丑。

慈欣就那样耷拉着肩膀坐上好几分钟后，勉强伸出胳膊，按下小炕桌上的录音机播放键。旧喇叭里放出来的音乐总是那一首舞曲风的抒情小调。

就算你不爱我

我也爱你

但如果你爱我

现在这一瞬间，请奔向我！[1]

1　歌剧《卡门》中的哈巴涅拉舞曲《爱情像自由的小鸟》。

慈欣的身体动作与轻快的歌词和曲调有些格格不入。她摇摇晃晃地扶着地板站了起来,像松懈的发条终于被拧紧了一样,像耗尽的电池终于充上电了一样,机械地叠好被子,打开柜门把枕头和毛毯放了进去。

热烈轻快的抒情小调中,慈欣像被督促了似的挪动着无力的手脚。那时的脸色忧郁而孤单,甚至让我暗自思量:人可以不幸到那种程度啊。

但这种想法还没结束,慈欣就会对我露出令人惊讶的灿烂笑容,参差不齐的门牙在日光灯的照射下显得格外洁白耀眼。刚刚看上去像是马上要散架似的女人,此刻脸上露出了令人难以置信的灿烂笑容。

"又到早晨啦!"

慈欣用柔美的声音问候道。

再次迎来早晨是令人快乐还是厌烦,是令人感到神奇还是难受?慈欣总是用我猜不透的单调语气一字一句地问候着早安,又恢复那副疲惫不堪的面孔吃着早饭,然后和我一起走出自炊房。

"求你了,能不能换首曲子?慈欣,你好像离开这首曲子就什么都干不了了。"忘了是哪天,我因为再也无法忍受这首欢快到令人厌烦的抒情小调,向她抱怨道。

慈欣随意撩起蓬乱的头发,闷闷不乐地回答道:"要是去了丽水,我就不再需要音乐这种东西了。"

列车正在驶离停靠了三分钟的求礼区站。蟾津江[1]浩瀚湛蓝的水流与黑色雨柱、乌蓝的天空浑然一色,延伸到很远的地方。每次强风袭来,远处山脚的黄土像雾一样飞散到四周。在那片巨大的沙尘中,映在车窗上的一张空虚而陌生的面孔正在用干涸的眼神凝视着自己。

"正善,你这几天脸色怎么不好啊?为什么突然请假?是哪里不舒服吗?"

我突然提交周五和周六两天的请假申请后回到工位时,坐在我前面的部门前辈冷不丁这样问道。

"我就料到总有一天会这样。差不多就可以了的事,干吗要那么忠诚,非得自己加班,整理了又整理……那样身体能受得了吗?仗着自己年轻,随便糟践身体的话,总有一天身体会垮的。"

无法辨别前辈的话是恶意还是善意,我只好露出无奈的笑容,这时前辈把脸埋在桌子上,尖锐地补充了一句:

"可以试着活得随意一些,又不是能活一千年一万年……"

---

[1] 蟾津江:河流全长约223千米,大致为南北走向,入海口位于丽水市东北方向,是韩国继汉江、锦江、荣山江、洛东江之后的第五大河流。——译者注

那天晚上，我为了补足休假期间的工作量，依然在办公室待到了很晚。将酸痛的脖子向后仰时，我看到了空空的靠背椅，它们看上去有些孤独，静静地望着各自所属的桌子。

我知道用自言自语或叹气的方式打破寂静，反而会感到更加孤独，于是我很坚强地沉默着。我屏住呼吸，努力让自己忙于工作而不胡思乱想。但是，当终于结束工作锁上办公室门，拉下配电箱开关，以踌躇的姿势摸索着前行的时候，"啊"的一声，我发出了微弱的呻吟。慈欣的脸不知什么时候挤进我的意识里，在眼前的黑暗中晃动着。她好像在惋惜着什么，却又因为无法说出口而痛苦似的，怔怔地凝视着我，然后她小声对我说道：

"你到底在害怕什么？"

那是七月的一个周六的晚上，首尔的空气像陈年的棉籽油一样喷着令人作呕的沸腾热气。慈欣和我坐在地铁站内的派出所里，头顶上苍白的日光灯频闪不止。如果不是那天慈欣的钱包被偷，我们本来打算去看新引进的波兰导演的电影。经常一个人去看电影哭到眼皮红肿着回来的慈欣，将会再次流下眼泪，我们也会像关系很好的姐妹一样，在深夜的面包店买完面包一起回到自炊房。

"为了换乘一号线刚从地铁里走出来的时候，应该是有人从敞开的包里直接伸手拿走了钱包。我当时心里发毛，有种有人要害我的奇怪的预感,惴惴不安中一看,钱包不见了。地铁站人太多,也分不清谁是谁,我愣在原地……"

地铁站内的派出所里倒 L 形摆放着两张桌子,年轻的义警[1]和四十多岁的警官分别占着一张桌子,他们半眯着眼正打着瞌睡。慈欣显得格外慌张,警官拉过椅子说"请冷静,先坐下"的时候,她都忘了道谢,就着急地连声问:"能找到吗?找不到吗?"来之前,我已劝过慈欣,说钱包已经找不回来,去警察局也无济于事,但慈欣还是拉着我的手跑到了这个地方。

"……就是说,一个黑色钱包和那里面的居民登记证、现金约四万五千韩元、自炊房的钥匙,这些就是丢失的全部物品,对吗?"

警官一脸疲乏地在黄色纸张上写着询问笔录,他张大嘴巴打个哈欠,眼眶瞬间湿润了。慈欣工作的工厂订单积压,上周日加了班,偏偏今天领到了那笔加班费。那笔钱尽管对慈欣来说很重要,但对警官来说实在不足挂齿。钱包、钥匙、居民登记证这些遗失物好像让那个警官提不起劲似的,他用厌烦的语气又问道:"这些就是全部吗?"

慈欣搓了一会儿手指,艰难地开口道:"还有……一张火

---

[1] 义警:全称义务警察,韩国一种独特的兵役制度,做此种勤务等同于服一般兵役。义务警察担任交通指挥,执行一般巡逻任务。——译者注

车票在里面。"

她的声音平静了不少。等到情绪慢慢平复后,也许她也意识到了钱包找不回来,脸上露出郁闷而失望的神色。

警官像是来了一点兴致,抬起头,盯着慈欣的脸问道:"是到哪儿的票?"

慈欣开始锁紧眉头,用手掌蹭起额头来。手的动作逐渐变得粗暴,就像我第一次在巷子里见到她时那样,慈欣执着地揉搓着自己的眼睛、鼻子、嘴巴和整个面部轮廓。

沉默片刻后,她把双手放到膝盖上,回答道:"丽水。"

那时,在我身体里某处像脆弱的玻璃碗一样的东西发出刺耳的声音,破碎了。

那段时间,我故意没有认真听慈欣经常提及的关于丽水的故事,慈欣说那里是她的故乡时,我也没当真。我根本没有料到,她对丽水的执着已经到了这种程度。

"是什么时候出发的票?"

慈欣默默低下了头。

我无从得知她的脑海里盘旋着什么念头,只是从她疲惫且孤独的脸上,我看到属于漂泊在外的异乡人的"旅愁"[1],而非"丽水"。终于,慈欣自言自语似的说道:"是明天晚上十点

---

1 韩语中,"旅愁"和"丽水"发音相同。——译者注

三十五分的车。"

那天晚上在回自炊房的路上,我问慈欣:"为何不提前说一声就突然要去丽水?丽水有你什么人吗?打算住哪里?待多久?"慈欣没有回答其中任何一个问题。直到回到房间,洗漱完毕,铺好睡铺,关上日光灯,又过了大约一顿饭的工夫之后,她才打破沉默开口说道:"现在在大邱的母亲,不是我的亲生母亲。"

快到午夜了,本以为慈欣已经睡着的我惊讶地起了身。

巷子里的路灯从窗户缝漏进来一束光,朦胧地照在慈欣脸上。慈欣侧躺着,阴郁的眼神仿佛把弥漫在屋内各处的黑暗都拢在了怀里。

"据说我在两岁左右的时候,被人在列车上捡到。火车站的工作人员发现我没有监护人,又哭闹不止,就把我送到了首尔站派出所。"

慈欣淡淡地继续说道:"我的故乡,可能不是丽水。只是那趟'统一号'列车由丽水始发到首尔,所以我从小就觉得我的故乡也许就是丽水……有时候无意中听到'丽水'这个字眼,心脏就会咯噔一下。"

据说两岁的慈欣在福利院驻留了一年左右,然后被送进仁川的市立孤儿院,虽然很快被领养,但是因为去了五个月都不会说话,第二年就被送回了孤儿院。大人们甚至考虑过让小慈欣接受特殊教育。从养父母那里被送回孤儿院的三个月后的一个夏天,慈欣说出了第一句话,既不是叫妈妈,也不是叫爸爸。那天,经常被取笑的小慈欣被一个小孩从滑梯上推了下去,她滚下滑梯缓冲板,摔在泥地上。看到这一情景的孤儿院老师跑过来想要抚摸小慈欣受伤的膝盖,这时她满含泪水清晰地说了一句:"太疼了。"

次年,慈欣被全州的一户富裕家庭领养,但没满两年,养父去世,他的公司也倒闭了。于是就跟之前说的那样,慈欣跟着养母搬到了忠武。再之后,她被养母供到了高中毕业,每到节日给养母和束草的舅舅家寄一些简单的礼物,也会偶尔打电话问候一下。每次要挂断长途电话时,电话那端的"什么时候回来一趟吧",像是在说"以后就不要再联系了"。

"说到底,我自从在火车车厢里被发现的那一刻起,就注定要漂泊一生。"

慈欣边说边故意咧嘴笑给我看。

"其实那些地方都不是我的故乡。所有的城市都是即将要离开的陌生之地。我每天早晨睁开眼睛的时候都有迷路的感觉,直到去丽水之前都是这样,每天都像活在地狱。"

慈欣突然一本正经起来。

"但是现在不那样了。"

她伸直蜷缩着的身体,自言自语道:"也不难过了。"

这是那天晚上慈欣说的全部内容。她因为一口气说了太多话而感到有些落寞似的，用那种不喜悦也不痛苦的、无法理解却又宁静的表情默默地凝视着我。

那时，我为什么像看到了不该看的东西似的，把头扭过去了呢？是什么东西让我沉睡在体内的每一根血管都被抽离出来，开始沸腾起来的呢？

为了不再失去好不容易相处融洽的室友，我努力克制了洁癖。然而，夏天来临以后，那种躁动不安的酷热，就像每座城市的后巷里都在发生杀人和群殴事件一样。这样的天气持续了一个多月，我的洁癖突然又恶化了。

各种眼疾和耳疾通过地铁和公交车的扶手传播。我讨厌别人的皮肤碰到我的皮肤，于是拼命步行三四个车站的路程。据说在热气腾腾的柏油路上，体感温度接近五十摄氏度。汗水从额头、脖子、腋窝、腹股沟、小腿，甚至每一个脚指头上不断涌出。我喘着粗气继续走着。

下班回到自炊房，我就会马上给全身打上肥皂泡，用毛巾搓洗，直至皮肤发红。我无法忍受满身汗水那种黏糊糊的感觉，恨不得把所有的汗腺都挖掉。听说东南亚的几个国家暴发了霍乱，我总怀疑公交车上坐在我旁边的是刚从那些国家旅行回来的人。如果不是游客，也可能是游客的家人，又或者是游客的同事。

我被病菌带来的恐惧所困，无论在公司还是在家里都无法集中精力做任何事。慈欣懒散的生活方式，更是让我备受煎熬。慈欣常把脏衣服堆放在盆里，等到周末才洗，而我无法忍受，于是在夜里把那些衣服洗干净并晾好。有一段时间，天气像热带雨季一样，雨下下停停，闷热不堪。我受不了湿衣服散发的酸臭味，为了把衣服晾干，只好在深夜烧煤炉。结果，那天晚上我们俩不得不在厨房的地板上熬了一夜。

最终，我开始在所有事物中闻到腐烂的气味。只要把鼻子凑近我的手，我就能闻到自己的肉在腐烂。翻开书本，纸张贴在指尖上，散发出腐败的气味。污水气味通过洗脸池的下水道口弥漫开来。自来水、木勺、菜板，甚至塑料碗都散发着恶臭。

我因为受不了慈欣做饭，不许她靠近灶台。慈欣刚开始一头雾水，对我的过分好意有些不知所措，但慢慢意识到我是在厌恶和恐惧什么。有时慈欣从外面回来不洗手就抓门把手，我无论如何都要拿肥皂水去擦门把手，仿佛慈欣就是所有病原体的宿主一样。只要她的手碰到我，我就浑身起鸡皮疙瘩。

然而，比起炎热、眼疾和霍乱，更让我痛苦的，是从慈欣身上散发出来的丽水的味道。我从她刚刚洗完澡的湿漉漉的头发上闻到丽水前海的咸腥味，从她的手上和嘴里闻到丢弃在丽水码头上的腐烂海鲜的味道。早晨醒来时，我看到慈欣熟睡的脸上，映着丽水码头那殷红的霞光。她手伸向的地方，仿佛传来港口隐约的歌声、哀婉的哭泣声和彻夜撕心裂肺的呻吟声交织在一起的声音。顺着自炊房的墙壁，我那瘦小的母亲在临终前最后咳出的可怕的喘息声幽幽地回荡着。

"求你别碰我的身体！"

一天晚上，当我在水槽边惊恐地喊出来时，慈欣收回搭在我肩上的手，向后退了几步。汤在燃气灶上沸腾着，焖米饭的香味弥漫了整个屋子。

"我做错了什么吗？"当慈欣磕磕巴巴问的时候，我粗鲁地关上燃气灶的火，脱下围裙，大声吼道："你也不要对着我的脸说话……"我咬紧牙关，清楚地加了一句，"因为脏。"

从那天以后，慈欣几次试图和我搭话，但残酷的是，我都以沉默和无表情的背影回应了她。每当这时，她总是支支吾吾地把想说的话咽回去，然后重重地叹息，那叹息仿佛深深刺入我的头顶一样。

热带的夜还在持续。

发旧的风扇每次旋转都发出刺耳的摩擦声。我们只穿着内衣远远地躺在地板上，整晚都没有合眼。汗不停地擦，不停地流。从开了整晚的窗户时不时吹进来阵阵热风。直到天亮，我们一句话也没有说，背对背躺在湿热的地板上辗转反侧。

慈欣变得越来越消沉。少了她那纯真的笑声，房间的空气变得沉重而混浊。两人早早下班后，默默地各自倚着墙坐着，这时，寂静的房间里只有慈欣的鱼在游动。透明的鱼缸里，金鱼们不停地吐着气泡，绕着圈游来游去……首尔五十年一遇的酷夏，就这样慢慢地折磨着我们黏腻的身体，而后渐渐退去。

车窗挂满雨水，就像是用塑料软管喷洒过一样。车窗外无数被折断的树枝和叶子在风中摇摆。农夫穿着藏蓝色亮面雨衣和黑色雨靴，顶着风雨在田埂上艰难地向前迈步，仿佛用尽了全身力气跟巨人抗争一样。

坐在我旁边满脸皱纹的女人露出质朴而温和的笑容向我告别，然后在顺天站下了车。列车一直往南行驶，离丽水站只剩下不到三十分钟的时间。

我的心怦怦直跳。到现在为止，我从来都没想过会再次踏上那片土地。我也曾想过，也许有一天有偶然的机会去，或者有不得已的事情去，再次看到那里的天空和大海。然而，仅仅一想都让我无比难过。

车窗外闪过了顺天的小港口。稀稀拉拉被染红的小山、湿漉漉的田野和葱翠的冬青树林飞快地闪过。我在想，慈欣在那些风景中看到了什么？为了看那远去的风景，焦急回头的她，当时想了些什么？

"我不走。"慈欣抚摸着我的头发说道。

"我保证,我不走。"

然而,第二天的早晨,慈欣离开了。就像刚来时那样,她毛毛躁躁地留下许多痕迹后离开了。挂在厨房晾衣绳上已经干了的一双白袜子、可能是清晨洗头时粘在洗脸盆上的几根长头发、刷完牙后忘了放回漱口杯的黄色牙刷、梳妆台抽屉里毫无用处的断成两截的发卡、因为播放太多次而音色变粗的音乐磁带,她都忘记拿走了。

在立秋和末伏后的一天,正值煎熬的酷暑急剧缓和下来之际,慈欣辞掉了缝纫厂的工作。我下夜班回来时,厨房的门敞开着,锁眼里还插着钥匙。我惊讶地走进黑乎乎的厨房,忽然,脚下踩到一个软乎乎的东西。

是慈欣。我吓得叫不出声,连忙打开灯,费了很大劲才把她扶到房门口的台阶上坐下。她失去了意识,沾有血迹的胳膊向下耷拉着,脸上和长裙外裸露的小腿上有好几处瘀青。

原来,慈欣从工厂下班后,走到小巷子时,被迎面快速驰来的自行车撞成了这个样子。因为黑暗,连骑自行车的人长什么样她都没看清楚。那个人估计才十几岁,惊恐之下只把慈欣放在附近的联排住宅前就跑了。慈欣已经忘了自己是怎么恢复意识爬回来的,她说只记得用钥匙打开门的一刹那,有种回到家的踏实感,后面的事什么都想不起来了。

第二天上午，尽管慈欣说自己没事，我还是硬拉着她到医院拍了 X 光片。我们坐在走廊的铁制椅子上等待结果时，她抬起低垂的眼眉，静静地看着我。慈欣的眼神里没有厌恶、指责和埋怨，似乎被无法形容的孤独占据着。我们俩尽管并肩坐着，却感觉像是坐得很远的陌生人。

不一会儿，中年护士就叫了慈欣的名字。我搀着一瘸一拐的慈欣进到诊室，头发很短的年轻医生用铝棍漫不经心地指着灯箱上的片子说："她的骨头没有任何异常。"

每天夜里，慈欣都会用热毛巾敷自己的腿。可能是因为胳膊受伤使不上劲，在塑料盆上拧毛巾时，她的胳膊、头和整个上半身都要跟着用力。我看不下去想要帮忙，慈欣却总是顽强地拒绝我的好意，但实际上她咬着牙在忍痛。

整整一周后，慈欣的肌肉痛有所缓解，也可以正常走路了。但她却没有再去上班，天亮时也不再放音乐了，直到我出门上班，她依然躺在远处，眼神迷茫地望着窗户。我下班回来，经常看到慈欣坐在鱼缸前，对那些漂浮的鱼嘟囔着什么，而饭菜一口未动。

日子一天天过去，天空时不时下起雨，初秋的太阳火辣辣地烤着大地。慈欣身上的瘀青不知不觉中消退了，而她心里的创伤看起来却越发深刻。同样，我心里的疙瘩也越来越大。突然暴发的洁癖随着夏天的结束而收敛了，然而像宿醉一样的颓废感从每个角落慢慢侵蚀着我的身心。各种丑陋的欲望、痛苦和挫折夹杂在一起，如同臭水沟一般，即使被太阳晒干了也发出恶臭。我隐约从沙尘中闻到了酸臭的味道。

就像慈欣坦白过的一样，一天开始的时候，我总感觉自己迷了路；而一天结束时，反而希望一切都能结束。我每天看着慢慢走向崩溃的慈欣，简直是一种煎熬。

一个多月过去了，之后又过了几周。

吃过晚饭后，慈欣爬进了被窝。我轻轻关上房门，在厨房洗碗。突然，我忍不住摔掉碟子，跪在厨房地板上。

"爸爸，爸……爸爸。"

我用牙咬住拳头，压住呻吟声。本以为已经睡着的慈欣无力地打开了房门，她呆滞无神的双眼一瞬间恢复了光芒，与我满含泪水的目光相撞在一起。

"都是因为你……"我上身靠着水槽坐在地上，吐字不清地说道，"因为你，我受不了了……"

慈欣连拖鞋都没穿，光着脚朝嘴唇发紫浑身发抖的我走了过来。几个月下来她瘦得不成样子，仿佛踩了棉花一样颤巍巍的。和我并肩靠着水槽坐下后，她用清晰的嗓音问了我一句："是什么让你怕成这样？"

在三十瓦白炽灯的照射下，慈欣的上眼皮微微发青，但她的眼神比任何时候都闪耀。慈欣直视着我的眼睛说："我明天就要走了。"

　　胡乱堆放的碗碟倒了下来,发出"当啷"的声音。我慌忙起身将那些东西放回原位。舌尖上感觉到一股微甜,我用自来水漱口,吐出的水里混着鲜血。刚刚太用力刷牙,导致牙龈受伤了。

　　"为什么?"重新坐回慈欣身旁,我用颤抖的声音问道,"为什么要走?你这身子骨,能去哪儿?"

　　可怕的沉默横在慈欣和我之间。我用颤抖的手紧紧抓住她的胳膊,嚅动着嘴唇喃喃道:"请原谅我。"我感觉到,令人毛骨悚然的寒气正吞噬着我的肩膀和脖子。

　　"打算去哪里?"

　　仿佛所有的虫子停止了鸣叫,所有的花草树木停止了生长。仿佛世界按下了停止键,所有的山脉都蜷伏着,天和地都倒塌了似的,空气中一片死寂。我一点一点地吞咽嘴里的积血,不敢大声喘气。

　　不知过了多久。

　　就在我快要无法忍受那令人窒息的沉默,恨不得大声喊出来,甚至歇斯底里地哭喊一场时,慈欣低沉的声音沿着厨房的瓷砖墙与地板回荡。

　　"沿着丽水前海的海岸线一直向东走,有一个叫苏堤的村庄。正善,你可能没去过。其实,我也只是因为乘坐的大巴车出故障，偶然下车走进了那个破落的小村庄……"

慈欣的声音低沉而平静，像是被水打湿的棉花一样。

"那是傍晚时分……平缓的后山山脊上，夕阳西下，周围的云朵像羽毛一样闪耀着金黄的光彩。那景象莫名让我心生欢喜，所以我没有等下一趟公交，而是沿着村里的小路走了上去。路上到处是牛粪，真是一个地地道道的乡村。我见到了背着手牵着山羊的白发苍苍的老人，也看到扎着白色或黄色头巾碾场的妇女，还有在一旁打下手的平头少年……那样一直往上走，到了水田的尽头，路边立着几座没有墓碑的坟墓，看起来敦实而圆润。再往上走，我怕天快黑了，于是决定转身下山。我俯瞰着村庄，圆形的海湾和散落的岛屿围绕着湛蓝的大海，海面像用蓝色的线编织的一样，非常平静。但是很奇怪……心里感叹着大自然的美丽往下走的时候，我的泪水突然夺眶而出。村庄前废弃的码头上，堆着破烂的帐篷和脏木板，墨绿色的海浪缓缓拍向泥潭又退去……山羊的叫声、鸟叫声、风、堆肥的味道，还有忙碌的妇女们……这一切对我来说都很陌生，却让我感觉仿佛回到了从未见过的母亲的怀抱。

"……我怀着既开心又着急、既难过又遗憾的心情走下村庄，沿着大海走了很久很久。天渐渐黑了，遥远的丽水港升起了红黄灯火，最后连对岸的岛屿上的灯也一盏盏亮了起来。为了忍住不哭，我甚至无法好好呼吸。这种……这种情况，该怎么说明呢？"

慈欣仿佛沉浸在自己的回忆中，双眼噙满了即将滑落的泪水。

"……那里就是我的故乡。在那之前，对我来说，世界上的任何地方都是陌生的。但在那一瞬间，我突然觉得，山水无论远近，都与我的故乡紧紧相连。我无比欢喜，甚至想把自己投进海里。那个时候我第一次意识到，死亡并不可怕。真的没什么，只要和那亲切的天空、风、大地、海水融为一体就足够了……只要脱去这累赘的身体，我就不会再孤单，不必再是我了……我孤单的命运将如此灿烂地结束，我为此欣喜，想大声喊出那喜悦。所以我躺在泥潭里翻滚，甚至弄伤了自己的身体。我只想让滚烫的血流进泥泞，让养育我的土地的泥土渗入我的伤口……"

慈欣凝视着厨房瓷砖墙后面那看不见的远方，长叹了一口气。

"所以不管我去哪儿，我都会去那个地方……"

列车经过丽川站时，暴风雨达到了高潮，风几乎要把所有树木都连根拔起一样。铁路两侧葱翠的冬青树林上方，耀眼的闪电仿佛要把天空劈成两半。因为在顺天和丽川站下了很多乘客，车厢内的座位空了三分之二以上。过道里堆积着塑料袋和空啤酒瓶。

要准备下车了。

我从行李架上取下包，拿出水瓶和口服药，嘴里含了一口水，仰起脖子将几粒药片和粉剂一口气倒进嘴里。令人反胃的苦药顺着干涩的食道掉进空空的胃里。那一刻，我那虚无缥缈的青春和阴暗的过往好像都离我而去了。

丽水，那片大海是否依然堆起深蓝的波浪，涌向码头的铁船？我住过的小旅馆巷子的夜晚，码头尽头酒馆里的歌声是否依然如呜咽般凄厉刺耳？我突然停止了擦拭嘴唇的动作，把蜷缩的手掌摊开在眼前。

那是一双肮脏的手。

我想清洗这双肮脏的手。一阵恶心袭来，我想把至今吞下的所有东西全吐出来。我不停地用力搓洗双手，直到手掌通红发烫。妹妹美善那温暖的手掌和被我甩开的手掌温度，一直萦绕在我脑海中，迟迟不愿离去。

"姐姐，一起走，爸，爸爸……"

我狠狠地甩开跑不快的美善逃跑时，听见了她短促的呼喊直直坠入海水中的声音。回头看时，美善那双小小的手掌和小脑袋正在海水中冒着泡，缓缓沉下去。我尖叫起来，拼尽全力奔跑，但没跑多远就被抓住了。为了推开浑身酒气的父亲，我拼命挣扎。父亲那令人作呕的呼吸扑到我的额头和眼睛上。

突然，我感觉身体变轻了。码头的水泥地变得急剧倾斜。父亲把美善抛入海中后，这次用双臂搂住了挣扎反抗的我，将我一同扔进了深蓝的水波中。海水无情地从眼、鼻、口涌入。

恢复意识时，我平躺在湿漉漉的水泥地上。最先映入眼帘的是那遥远高空中层层叠叠升腾的白色积雨云团。我周围的人们嘴里说着"活过来了""活过来了"，低微的叹息声像轮唱一样传开。我把手蹭到被海水和呕吐物弄得脏兮兮的上衣衣角上，抬起剧痛欲裂的脑袋。

"要死就自己死嘛，干吗还要带上无辜的孩子们……"

穿紫色花纹大妈裤的女人正在用晒得黝黑的手抹着眼泪。站在对面的另一个女人大声附和道："要是她妈还活着，看到这副模样该说啥呢？"

这时，远处的中年男人没好气地说："这孩子一个人活下来，不知道是万幸还是不幸。"

"本次列车即将抵达终点站丽水，丽水站。因更换列车头，比预计时间晚点约五分钟，敬请谅解。"

受潮的扬声器里传来列车长的声音，带着南道地区特有的淳朴口音回荡在寂静的车厢内。那熟悉的乡音，是此刻最先让我真切感受到的丽水印象。

昨天下午，离开医院后，我坐上地铁，在慈欣上次丢钱包的那个拥挤的地铁站换乘了一号线，奔向了首尔站。虽然是工作日下午，首尔站候车室还是挤满了即将离开的人们。

"明天上午十点三十五分出发的'统一号'……一张到丽水的车票。"在售票口前，我吞吞吐吐地说出目的地和时间，戴着整洁制帽、三十几岁的站务员像是没有听清楚一样，睁大了眼睛。我正犹豫着要不要重复一遍时，他带着不耐烦的口气反问道："您去哪里？"他的话音刚落，我哭喊似的叫了一声："丽水！"

我匆忙将火车票和几张一千元纸币及硬币揣进裤兜，逃也似的溜出了灯火通明的候车室。车站广场边立着一排公用电话亭，我推开其中的一扇玻璃门走了进去，一口气投了两枚硬币，按下最先想起来的朋友的电话号码。那是朋友兼职了近三年的高中教务室，接电话的中年女教师告诉我，朋友早下班了。我又接着给她家里打，朋友的母亲说她还没有回家。于是，我拨打另一个朋友的电话，传来的却是自动应答。

"请在'嘀'声后留言。"

"嘀——"我犹豫片刻，按下了重拨键。

前辈的家里没人接听，后辈又出差在外。所有人都在通话中，所有人都不在位置上，所有人都在忙碌。

我放下听筒，走出电话亭时，荒凉的火车站广场已笼罩在暮色中。从火车站走出来的人们面容疲惫，脚步匆匆，或是忙着打出租车，或是追赶即将离开的公交车。

这里已经没有我要做的事了。

乌云密布的天空稀稀落落地下起了小雨。我朝地铁站走去，我要回到那无人等待、灯光熄灭的自炊房。

一进站，地铁便发出刺耳的轰鸣声驶离。正值下班时间，结束一天工作的人们正从四面八方汇集到站台的安全线内。铁轨深而暗，候车人的脸庞恍若一个模子刻出来的一样，被千篇一律的孤独和疲劳笼罩着。当那辆等待多时的地铁终于开着灯缓缓驶进站台时，我看到每个人眼中短暂闪烁的微弱希望，但很快便暗淡消逝了。

"你不要走。"

慈欣离开的前一晚，我蹲在厨房冰凉的地板上，抱着她只剩皮包骨的胳膊，恳求道。起初坚决拒绝的慈欣看到我颤抖着身体反复挽留后，把我抱在怀中，像是哄生病的孩子一样，回答道："好，我不走。"

慈欣的怀抱温暖而柔软，像二十五岁就离开人世的年轻母亲给我留下的隐约记忆，像春日的丽水海面泛起千千万万点鱼鳞般的光辉。

然而，到了清晨，在我熟睡之际，慈欣离开了。穿着鞋底开裂的唯一一双皮鞋，带着两个难看的旅行包和包裹，她走了。

等我醒来时，天已经亮了，慈欣随意挂在钉子上或丢在地板上的随身物品不见了。整个房间沉浸在寂静中，显得格外陌生且冷清。

"走了。"我一边喃喃自语，一边新奇地将目光定格在脱漆的地板上。脱漆的胶合板门上挂着笔记本大小的镜子，我站到镜子前，黝黑的脸，凹陷的眼皮，闪烁着受伤的小兽一样乞求的目光，正愣愣地看着我。瞬间，我就像无礼地窥探别人一样，慌忙挪开了视线。在半空中停留几秒后，再次将视线移回镜子，镜中的脸朝我动了动没有血色的嘴唇。

"爸爸……"

慈欣离开后的四天里，我一次都没擦过桌子和窗台上的灰尘。我不再固执地擦地，不再反复搓洗没机会变脏的白色抹布，我的强迫症消失不见了。下班回家躺下，从来都没体会过的安宁与平静抚慰着我疲惫的身体。早上一睁眼，阳光透过窗户缝洒进房间，慈欣清澈的脸庞出现在阳光和尘埃中。每当这时，悲痛像锋利的刀刃一样一层一层割着我的肌肤。为了抛开杂念，我只好闭上眼。然而，唯有呕吐没办法停下来。现在慈欣走了，不会再有人傻傻地看着我问"为什么要做这种事"，我可以肆无忌惮地呕吐了。每当意识到她已离开，或看着自己肮脏的手心，我会感到恶心。被我甩开的慈欣的手，整齐地伸向半空的十根手指，它们仿佛在扒开我的血管钻到我的皮肉和骨头里。

列车停了。

乘客们各自拎着大包小包走下站台，也有人头顶着相当于成年人身体那么大的行李。我站在车厢中央等着下车。透过车窗望去，站台上风刮得猛烈，乘客们的头发和衣摆仿佛随时会被吹翻一样飞舞着。每个人都用手擦拭着被雨水打湿的脸，头也不回地朝着出站厅跑去。

丽水终于到了。我刚一踏上站台，风仿佛等待已久般恶狠狠地抽打在我的肩上。阴沉灰暗的天空中，冰冷刺眼的雨点如冰晶般砸向我紧闭的双唇。在火车站的韩屋风青瓦上空，我依稀听见慈欣的笑声。暴雨猛烈拍击着火车站的屋顶。

2024年诺贝尔文学奖得主 韩江 作品

长篇小说

素食者
你现在不吃肉
这个世界上的人们就会吃掉你

失语者
人的身体就是悲伤
为了拥抱人和被人拥抱而诞生

不做告别
得思念什么才能坚持下去？
如果心里没有熊熊燃烧的烈火，
如果没有非要回去拥抱的你。

白
我再也不会问自己
是否可以把这人生交付于你了

少年来了
（即将出版）

在你死后，我没能为你举行葬礼
导致我的人生成了一场葬礼

短篇小说集

黑夜的狂欢
难道还有人相信一个人
可以善良地活下去吗？

植物妻子
现在一想，真是后悔
我这一生都是心里怀着刀活过来的

伤口愈合中
（暂定名）

诗集

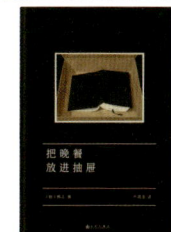

把晚餐放进抽屉
我记得你的沉默
你不相信神
也不相信人类

한강

2024年诺贝尔文学奖得主 韩江 作品

한강

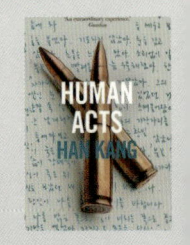

● 素食者 ●
- 布克国际文学奖
- 豆瓣年度重新发现图书 No.1
- 豆瓣热门韩国文学图书 No.10
- 西班牙圣克莱门特文学奖
- 韩国李箱文学奖
- 挪威未来图书馆年度艺术家
- 德国自由文学奖提名
- 德国世界文化之家国际文学奖短名单

● 少年来了 ●
（即将出版）
- 国际都柏林文学奖短名单
- 意大利马拉帕蒂文学奖
- 韩国万海文学奖
- 法国埃米尔·吉梅亚洲文学奖短名单
- 美国卡内基文学奖长名单

● 白 ●
- 布克国际文学奖短名单
- 英国华威女性翻译奖短名单
- 英国威康文学奖长名单

● 植物妻子 ●
- 韩国小说文学奖

● 不做告别 ●
- 韩国大山文学奖
- 韩国金万重文学奖
- 韩国三星湖岩艺术奖
- 法国美第奇文学奖
- 法国埃米尔·吉梅亚洲文学奖

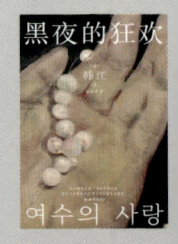

● 失语者 ●
- 法国美第奇文学奖短名单

● 黑夜的狂欢 ●
- 《首尔新闻报》年度春季文学奖
- 韩国今日青年艺术家奖

● 把晚餐放进抽屉 ●

● 伤口愈合中 ●
（暂定名）

黑夜的狂欢

1

人们都称之为疯狂的夏天。

四月将尽时,天空还飘洒着像冰雹一样的雨夹雪。可是刚进入五月,没等见到春的影子,温度计上的汞柱已在三十摄氏度上下徘徊着。到了六月,像硫黄气体般的亚热带气流让脸色苍白的行人们憋得喘不过气来。太阳像一个因自己血管里的热气而窒息的疯女人一样,一层层地掀开湿透的衣襟,浑身是汗。行人们拖着未能适应酷暑的虚弱的躯体,踉踉跄跄地寻找着高楼大厦的阴影或树荫。他们所等待的是能够冷却疲惫的呼吸器官和腹股沟的凉风,然而时令已接近夏至,直到暮色降临,整个漫长的下午,他们只能默默地喘息,用手擦拭着黏腻的脖颈。

大街像干宣纸吸墨一样匆匆笼罩在黑暗之中。只穿着背心的男人们成群结队地走进烧酒店。茶馆和商店开始灯火通明,街道的各个角落传来畅快淋漓的音乐。几个乞丐端着粘满污垢的红褐色塑料篮子，坐在地下通道里。行人们不以为意地从他们面前走过，尽管脸上都写满了白天的酷热带来的疲惫，但他们的鞋跟敲地声渐渐恢复了生机。仿佛夜晚来临之后，一切都得到了宽恕，不再需要犯罪也不需要悔过，他们摩肩接踵，目光只顾前方，带着疲惫的微笑，毫不回头地行走在地下通道里。

我被人流推出了闷热的地铁站。

我停下脚步，回头看了看刚走出来的地铁出口。四方形的出口就像分娩出无数幼崽的沾满鲜血的动物子宫一样，而我却有了再次进去的冲动，同时还产生了想返回出口那肮脏的台阶坐下去的冲动。从地铁里开始勉强支撑过来的双腿一个劲发抖，好像马上就要倒下一样。

挂在空中的月亮被黑暗吞食后又吐出，残缺的月亮表面毫无血色，泛着病态的黄色，而被咬掉的部分则留有乌青的牙印。顺着那深深的血迹蔓延的黑暗正吞噬着周围的天体。夜空像是被黑色的瘀血染透，低沉地呻吟着。

我不时地仰望那片夜空，用力支撑不听使唤的双腿，径直向前走去。黑暗带着千万种绚烂的色彩，在我眼前舞动。那些黑暗像锋利的枪刃一样，让路灯下的细小尘埃四处逃散，红色或黄色的车灯挣扎地紧跟在汽车尾部，我瞪大眼睛紧盯着它们。直到走到公寓正门，我才把四处探索的视线收了回来，深深地叹了口气。

那天,他也没出现在那个地方。

直到三天前,冥焕每天都会靠在大门口警卫室的角落,等着我下班。因为我的视力一到晚上就变得格外差,总是无法辨认站在黑暗中的冥焕的脸和身影。走到大门口才能隐约看见他手中的拐杖轮廓,以及他右手处点燃的烟头。他的拐杖总是倾斜着撑在地上,与警卫室墙面上刷的橙色荧光斜线平行。

我在冥焕站过的地方停下脚步,用没拎包的手叉起腰来,不知道是因为冥焕没在的安心感还是空虚感,一股莫名的疲劳和饥饿感向我袭来。

到底去哪儿了?

我使劲摇了摇头,心想,不管冥焕去了哪里,只要没出现在我的眼前,就已经是万幸了。然而,那一刻,我的胸口好像被什么东西划过一样隐隐作痛。

虽然已是夜晚,但混凝土建筑的热气还没有减弱。相对而立的十五栋和十六栋建筑里的住户们关掉空调,争先恐后打开阳台玻璃门和走廊窗户。四面八方的声音混在一起,形成了奇妙的和声。女人召唤孩子的声音、哄堂大笑的声音、开关门的声音、电话铃声,以及楼道里皮鞋撞击地板的声音,都混杂在一起,在安静的公寓广场上组合成低沉的合唱。那声音一会儿像在附近,一会儿又像在远处,此起彼伏,分辨不出具体的源头。

那些声音就像一道巨大的阴影，是我在这个地方度过的五个月里无法融入的数百个家庭、数以千计的人给我投下的阴影。

一个五岁左右的小女孩从七层的窗户探出扎着两根辫子的小脑袋，喊道："妈妈！等一会儿！"

十五栋入口前，一个三十岁出头的略显肥胖的女人张开双臂站着。

"快下来，快！"

女人自然地张开双臂，像是在让小女孩从窗户跳下来一样，小女孩犹豫了片刻。那时我仿佛看到扎两根辫子的小女孩用稚嫩的小手抚摸着一扇扇亮灯的窗户，头朝下坠落的幻影。

"妈妈，站在那里别走开！"

小女孩没有跳下来，而是急忙把脑袋从窗口缩了回去，似乎是向即将关闭的电梯跑过去了。我不由自主地用手背擦去额头上的冷汗。真是胡思乱想。

我再次摇摇头，抬头望了一眼冥焕的房间。

冥焕的房间位于十五栋的十四层，他的房间从来没有亮过灯。他不仅在外出时那样，即使在家也不开灯。有一次，当我问到不开灯的原因时，他用自己特有的忧郁而枯燥的声音反问道："为何要开灯？"冥焕喜欢站在黑暗中凝视没有灯光的自己家窗户。那个时候，他的眼神像极了巫师，仿佛在期待着有个人影在窗户的那头打开电灯，点亮整个窗户和阳台，他就那样直勾勾地盯着自己的房间，连烟头烧到了食指处都没有抖掉烟灰。

我像是在模仿冥焕的动作一样，仰头望了我位于阳台的房间。那间阳台位于十六栋的十三层，在冥焕房间的对面。

垂挂在阳台天花板上的三十瓦灯泡没有亮，光靠客厅里透出来的灯光，也能看到被褥和书堆的模糊轮廓。我直勾勾地盯着它们，眼睛里不知不觉凝结了毫无意义的泪水。我的视野模糊了，无数灯光仿佛滴落的烛泪一样形成了一条条长线。

"你这是要把行李往哪儿搬啊？"

就在三天前，冥焕拦在我的前面用威胁的语气问我。他的嘴里散发出刺鼻的酒气。因为我夜视力差，冥焕的脸庞被黑暗吞没得看不清轮廓，唯一能看清的是他眼中闪烁的像动物一样的磷光。

"我要把房子送给你，请你接受它。你要去哪儿？"

冥焕身上的味道冲进我的鼻腔，就像很久没洗的抹布一样酸臭。

我咬着牙反问道："你有何权利监视我？"

我顿时感到口干舌燥，忐忑不安。我用力地咽了一下口水，努力地想从冥焕阴暗的表情中预测他何时会变得狂暴起来。

"我已经找到房子了，想尽快……"我故作镇定地把话说完，"想离开这个地方。"

我向后退了一步，心想，如果情况不妙，就大声尖叫。

"你在说什么呢？"冥焕低声吼道，"为何不按约定来呢？你让我怎么办？我的房子怎么办？"

"我没想过要你的房子，也没和你做过什么约定。"

就在那时，冥焕突然粗暴地扯住了我的衣领，我感觉快要窒息了，吓得都叫不出声来。

"好好听着，你也许能猜到我也有我的计划，就因为你的固执才一直推迟到现在。我不能……不能这样无休止地放任不管！"

冥焕狠狠地甩开了我的衣领。

就在我调整呼吸想让自己平复下来的时候，冥焕缓缓消失在黑暗里，只留下钝重的拄拐声在这个寂静的公寓广场上回响。我用颤抖的手整理了衬衣。

他又去哪里了呢？

我紧闭双眼，眼前浮现的是那天在黑暗中渐渐远去的冥焕，他的肩膀看起来僵硬无比，就好像他那份略带邪恶的执念长期以来全都集中在肩膀的肌肉上。

如果哪儿也没去，他在漆黑的屋里做什么呢？

我的眼前依稀浮现出灯光下正在坠落的小女孩的身影，下意识地用力咬紧了下嘴唇。

我对冥焕说的都是事实。十五天前，我取出了存了还不到三个月的定期存款，签了一间位于三阳洞山脚下的月租房。原来的租户在上周末已腾出房子。因为我搬家没有帮手，于是只能每天上班时拿一些行李放在办公室，下班后再拿到月租房。第二天是休息日，只要我一早把书、洗漱用品和被褥搬走，搬家就算结束了。

冥焕知道我搬家的事情，意味着他一直在监视着我的一举一动，我很害怕。这三天，报纸和电视新闻都在铺天盖地地报道史无前例的异常气象，大邱市的最高气温达到四十三摄氏度。每次从月租房坐地铁回来时，一想起将要在黑暗中遇到执拗的冥焕，我就气得咬牙切齿。但是当确认冥焕不在后，我又会陷入难以解释的空虚和焦躁之中。

2

我认识冥焕是在四月中旬，当时我在那座公寓已经住了三个月。搬到那里之前，我和仁淑姐姐一起租了全租房。

我出生在平原地带的一个小乡村，从清州到那儿需要换乘两次大巴。村子有四十几户人家，固定居民有一百多人。我的父母是土生土长的农民。家里有七个女儿,我排行老三,老七刚上小学。父母供我们七个女儿读书非常不容易。我的成绩并不突出,性格内向,又不聪明,所以想让他们供我上大学简直就是白日做梦。七个姐妹里,就数二姐最聪明。二姐考上忠南大学以后,父母就宣布再也不会支持其他女儿上大学了。对他们来说,供我们姐妹完成高中学业,已经是很大的负担了。

我从清州女子商业高中毕业后就决心不靠父母资助,独自去首尔打拼赚取大学学费。通过教商业课程的母校班主任的引荐,我幸运地在一家小型贸易公司找到了出纳的工作。我除了把每三个月发一次的奖金汇到母亲的农协账户外,其余的收入都精打细算地存进了自己的存折。我计划上大学后学英文,梦想成为一名英语老师,业余从事翻译工作。我省吃俭用,经常买高考参考书和英文版小说看。尽管住的地方简陋,穿着朴素,但我心中怀有希望。那种希望就像在雪地里睡着时,意识朦胧间仿佛自己正躺在温暖的被窝里。每当从这绒毛般柔软的梦中醒来时,我都带着一丝苦涩的幸福感舔舐着干涩的嘴唇。

我坚持存了将近四年的积蓄即将到期,那是一个初夏的星期六下午,我独自徘徊在公司附近热闹的娱乐街[1]小巷。这

---

1 娱乐街:韩文词语为"游兴街",指聚集着酒吧等各种娱乐场所的街道。——译者注

不只是因为独自在异乡生活的孤独。我在首尔这几年恰好是我的一些初高中同学的大学时光,而其他一些同学则早已结婚生子。我回想起这漫长的时间是如何度过的,内心感到无比郁闷。尽管日复一日的工作枯燥乏味,显得工作日很漫长,但那些相似的一天又一天不断重复,反倒觉得大段的时间飞逝。无论是一周、一个月,还是一年,回头一看,仿佛转瞬即逝,而我的处境却丝毫没有改变。

那天下午,我心情低落,开始怀疑自己是否真的能按计划考上大学。在没人鼓励我的偏僻的角落里,我究竟为了什么一个人坚持到现在?想到这里,一股无谓的悔意涌上心头。为了安慰自己,我在夜幕降临前来到街上,望着开始亮灯的商店和酒吧漫无目的地走着。这时,我偶然遇到了同样处境的仁淑姐姐。

仁淑姐姐大我四岁,在老家,她家就在我家前面,中间隔着一条道。在我升入初三的时候,仁淑姐姐的父母相隔三个月先后去世。有肝病的父亲去世后,长期患不明病痛的母亲也跟着去世了。仁淑姐姐是家里的独生女,当时十八岁的她没能读完高中,孤身一人离开了家乡。从那以后,她再也没有回去过。听说她在首尔一家制衣厂工作,一分钱都舍不得花,只是拼命挣钱。自从那次分开后,隔了十年,我和仁淑姐姐竟然在偌大的首尔再次相逢。

我们俩在附近的茶馆坐下来，倾诉了彼此辗转于月亮村[1]月租房的同病相怜的苦楚。

"你一点都没变呀，你这么善良，怎么活在这险恶的世界上呢？向父母伸手有啥不可以的？如果妈妈说不行，就耍赖试试。你姐姐的大学学费是从哪儿来的？傻丫头，你照这样生活下去，一辈子只会被人利用，连本钱都捞不回来。"仁淑姐姐看起来瘦小，但说话变得粗鲁了。

她那双灵动的大眼睛和柔和的嘴唇中，隐约透着在家乡一起成长时没有过的狠劲。在她夹杂着脏话的指责中，我有些胆怯。这个时候，她突然提议我们俩相互公开自己的财产。经过坦诚的讨论，我们得出了一个结论：如果把两个人的积蓄加起来，应该能租到靠近地铁站的全租房。由于我的存款没有仁淑姐姐多，我决定从公司借一些钱。

仁淑姐姐带头寻找便宜又合适的房子。功夫不负有心人，我们终于找到一间相对宽敞并带有干净厨房的半地下室。搬进来的那天晚上，我们各自拿着啤酒瓶，互相诉说着首尔的艰难生活，喝到很晚。

"……忘掉过去的岁月……"

---

[1] 月亮村：韩国在快速城市化的过程中，未能进入城市系统的贫民的集体居住地。通常位于缓坡上。——译者注

喝醉酒的仁淑姐姐迷迷糊糊地哼唱着流行曲,唱着唱着就昏睡过去了。

比仁淑姐姐下班早的我早早回到家,做了饭,添炉子烧了热水。仁淑姐姐总是早上六点出门,到了晚上八点多累得筋疲力尽才回来。我总是无法轻易入睡,就算入睡了也会起夜好几次。仁淑姐姐不像我,总是没有洗脸就倒头睡去,整个晚上睡得很沉,像死了一样。到了休息日,她就一直把自己埋进被窝里。等我给她端好饭,她只吃两口就咕咚咕咚大口喝水,然后重新钻进被窝里。

"累死了,累死我了。"

这成了仁淑姐姐常挂在嘴边的一句话。

所以,尽管我和仁淑姐姐在一起生活,但我没有太多时间和她说话。在直来直去又有些神经质的仁淑姐姐面前,我总感觉别扭和不自在。

我和仁淑姐姐开始像亲姐妹一样亲密,缘于那次我俩同时煤气中毒。那天晚上先醒来的是我,我把正在炕头上蜷缩着睡觉的仁淑姐姐拖到门槛处,去厨房时摔倒在潮湿的水泥地上,我抓着脖子呕吐起来。我记不清自己是怎样爬到房东家门口的石阶上的,也不记得是怎么敲门求助的。

我横躺在房东家门口,浑身没劲,想喊却发不出声音。当我身上的尿液慢慢冷却,恍恍惚惚地要失去意识的时候,早起的男房东趿拉着拖鞋走了出来。他推开门时,我的身体被门撞到滚下了台阶。微弱的意识时断时续,我连一声呻吟都发不出来。

第二天,仁淑姐姐一直戴着氧气面罩。症状较轻的我不顾头痛去上班。那天我什么都没吃,一整天只喝水,偶尔抬起晕乎乎的头望向空中。下班后,我直奔医院。仁淑姐姐一小时前摘掉了氧气面罩。我抚摸着她苍白的脸颊,心里想着该说点什么,但是一句话也没说出来。

"如果不甘心,就得出人头地,不是吗?"

恢复意识的仁淑姐姐喘着粗气问道。咬紧牙努力露出灿烂笑容的仁淑姐姐,脸上闪烁着泪光。

我对仁淑姐姐产生类似母爱的情感,缘于一周后她在工厂晕倒一事。当时她因煤气中毒身体虚弱,还在恢复中。不料,那天在工厂餐厅吃饭时积食,连续的呕吐使她虚脱。厂里的同事不知怎么办才好,给我的办公室打来了电话。

那是一个雨雪纷飞的下午,我扶着脸色苍白的仁淑姐姐坐上出租车后座时哭了。仁淑姐姐的下巴上有个约三厘米长的伤口,是她在昏迷时撞到楼梯角留下的。仁淑姐姐很虚弱,出租车刚一启动,她就把脸靠在我的肩膀上,又一次失去了意识。出租车的前风挡玻璃上,两个雨刮器不停地左右摇摆,想让模糊不清的首尔街景变得清晰起来。收音机里,知识竞赛节目的男女主持人发出了奇怪的笑声。

从那以后，仁淑姐姐变得郁郁寡欢。从工厂下班回家后，她经常默默地盯着墙壁发呆。仁淑姐姐发黄的脸色变得越来越苍白，没有一点血色，有时候那苍白的颜色似乎已经蔓延到了眼睛里。

仁淑姐姐的健康每况愈下，脾气也变得越来越暴躁。因为我相信她会很快痊愈，所以每次都忍受着她的坏脾气，以笑脸面对她，但一切都是徒劳。她时常因为一些小事歇斯底里，我为了避开她，只能默默铺上被褥躺下。在我为入睡而努力的时候，曾经那么爱睡觉的仁淑姐姐却经常一个人喝闷酒。她明明不外出，却给自己化了夜妆。她像丢了魂似的望着镜子里化了妆的脸，然后跑到厨房，"噗噗"地用冷水洗脸。

"你还有很多梦想吧？"有一天仁淑姐姐突然问我，"你年纪还小，品行也端正，应该很快能上大学吧？你想找一个大学毕业的男人扬扬得意地过日子，是吧？"

我犹豫着不知该如何回答，仁淑姐姐又尖叫道："你总是往好处想吧？想着一切都会变好。可是我不一样，我总是往坏处想，我的人生也是！"仁淑姐姐向半空中挥舞着还没抹完的口红，大声叫喊道，"因为我一直都过得很糟糕。"

"为什么……"我心生胆怯，便结结巴巴地劝阻激动的仁淑姐姐，"为什么说你的一切都变得很糟糕呢？你有存款，技术也一流……"

仁淑姐姐没有回答,气喘吁吁地瞪了我一眼。

"我的脸已经不成样子了。"她在精心画好的红色唇线里面涂了粉红色口红。她一边用黑色化妆笔画着下眼线,一边自言自语地说道,"现在没有人愿意多看我一眼。"

下眼线总晕染,仁淑姐姐不停地抽出化妆棉去擦拭,皮肤被她擦红了,她依旧重复着画和擦的动作。

那天很晚的时候,她把我叫醒,已经进入梦乡的我勉强睁开了眼睛。披着浓密长发的仁淑姐姐在黑暗中盘坐着。

"你听听那个声音。"

住在后院屋顶的野猫正发出奇怪的叫声,那声音像人,听着有些瘆人。

"是猫嘛。"

我不冷不热地回了一句,然后又蒙上了被子。

"仔细听听。"

仁淑姐姐冷冰冰地掀起了我的被子。一头雾水的我坐起身,边揉眼睛边倾听那声音。

果不其然,这晚的猫叫声有些异常。这不是平时听到的、像婴儿饥饿时哭的声音,更像是被一只巨大的野兽抓伤和撕咬的年轻女子发出的尖锐而刺耳的叫声。

我站起身打开了窗户。后院的房子因为地势特别低,屋顶与我住的半地下室的窗户并排挨着。听说如果发洪水，那个房子就会被淹。

后院的石棉瓦屋顶上有两只猫。一只黑白相间条纹的母花猫正扭动着像人的大臂一样粗的身子在屋顶上摩擦，接着一边发出垂死的悲鸣，一边猛然站起身来，然后又无力地瘫软下来。离它大约半米远的屋脊上，痴痴地站着一只黑色的公猫，它在黑暗中像恶灵般默默地注视着四脚朝天不停抽搐的母猫。

"可能是吃了老鼠药吧。"仁淑姐姐轻声细语地说。她的气息喷到我的脖子上，热乎乎的。

果不其然，母猫正在死去，它突然抽搐着。为防止被风掀翻而压在石棉瓦上的几块砖，每次被母猫的背部和腹部碰到时，都发出"咯吱咯吱"的声响。母猫的叫声越来越凄惨，公猫一动不动地站在那里。不知道是什么让那个家伙注视着自己伴侣的死去，它从什么时候一直那样站着不动呢？

我感觉身上的汗毛都竖起来了。我把视线转向悄无声息站在一旁的仁淑姐姐。她究竟在想什么呢？那时，仁淑姐姐低声咕哝着："我想杀死它！"

那是残酷的声音。我打了个冷战。仁淑姐姐的眼睛闪烁着淡蓝色的光，下巴上被剜去一块肉留下的疤痕，在微弱的光线中看着很像一个斑点。

"站在那里的黑猫，我恨不得拧断它的脖子。"

下弦月徐徐升起。黑猫用全身吸收着苍白的月光，直直地站在屋脊上。在黑猫目光固执地注视的那个地方，毛色斑驳的母猫发出最后的悲鸣。

年底我们没有回老家。仁淑姐姐就算回去也没有家人等她，而我这一年狠下心来准备考大学，在考上之前都不打算回老家。

一月的某个周六下午，寒风肆虐。我下班路过市场，买了一些菜。回到家放下塑料袋，刚要拿出钥匙时，发现门没有上锁。是仁淑姐姐先下班了吗？我疑惑地开门进去，发现厨房和卧室像是被人扫荡了一样，一片狼藉。我定下心仔细一看，发现仁淑姐姐的行李没了踪影，而我的吹风机、电熨斗等用得着的东西也不见了。地上散落着我的书和衣物，以及一些短绳和成团的灰尘。

一种不祥的预感向我袭来。我敲了敲房东家的门，正在午睡的女房东用手背揉着眼睛走了出来。

"离到期还剩半年呢，我这头为了着急退还租金还借了钱。我还以为你俩着急用钱，都怪我当时没发现异常……根本没想到姑娘你竟然毫不知情……"

女房东拿出了两份合同，是我和仁淑姐姐各自保管的那两份。据说，仁淑姐姐把租房时抵押的租金全部要回以后，叫来了搬家公司的卡车,当天上午就搬走了。至于她是什么时候、怎么找到我夹在相册底部的合同的,我实在无法得知。

我简直不敢相信。

那天晚上,我像丢了魂似的坐在凌乱的地板上,不敢相信眼前发生的一切。仁淑姐姐拿走的我那份租金,是我过去四年一点一点构筑的梦想,是我的大学、我的将来,是我用青春换取的抵押。那是我人生的全部。

等周一一到,我就到制衣厂打听,他们说她去年年底就已经辞掉了工作。

"没想到仁淑是那种人……你的处境怪可怜的。"大家都为我打抱不平。

一夜之间,我成了无家可归的人。和仁淑姐姐住在一起时领到的工资都用来还公司的债务。在即将腾出的全租房里,我整整熬了三个晚上。我也曾想放弃一切回到老家,但是却没脸见正在念书的几个妹妹和父母。我憎恨曾扬言要拿着大学文凭才回去的自己,也想过无论如何都要找到仁淑姐姐。仁淑姐姐破坏了我的全部生活,我觉得我也应该去破坏她的人生。一想到仁淑姐姐跟我一起度过的几个月全是为了背叛而做的准备,我就无法忍受。那时,我第一次对一个人起了杀心。

星期天上午,我背着只剩下书的背包,两手拎着衣服和被子走出了全租房。我开始怀疑自己活得很失败,从一开始就错了，就像仁淑姐姐说的那样，我这一辈子只会被人利用而毁掉人生。

我去的地方是住在首尔的唯一亲戚——小姨家的公寓。我按了门铃，二表妹隔着门问道："谁呀？"

因为小时候见过几次面，我刚到首尔时也拜访过小姨家，所以还记得她的声音。

"我是永珍，你表姐！"

她听到我的回答后还将信将疑地继续问道："你是谁呀？"

"我只想借住一个月时间，不会太久的。"

小姨家是有两个浴室的四十坪公寓。我惶恐地把下半身埋在松软的沙发里，不敢直视小姨的脸。小姨的脸形略圆，她化着好看的妆容，给人留下不错的印象，但她马上流露出为难的表情。小姨跟嫁给穷庄稼汉吃尽苦头的妈妈不一样，她嫁了一个有前途的中小企业老板，没有尝过贫穷的滋味。

"尽管你现在的处境很为难，但留你住在家里很困难。除了主卧，有三个房间，但老三是男孩儿，大女儿在复读，你只能和小女儿住一个房间……可那个孩子特别敏感……"

我没有想过要长期住在那里，只是想借住一些时日，好熬过那年格外寒冷的冬天。听到小姨的回答，我没忍住流下了眼泪。在外面经受刺骨的寒冷后，从踏进温暖公寓的那一刻起，我就强忍着眼泪，不让它掉下来。但此刻眼泪还是不争气地落了下来，我为自己没能忍住落泪而感到羞愧，尤其想到自己是在用泪水博取同情，就更是羞愧不已。

最终，还是因为我的眼泪，小姨允许我暂时住在二表妹的房间。我感到很难堪，却也无可奈何。

有过几次尴尬的晚餐后，我再也没有早下班过。姨父和表妹、表弟都表现着对我的不悦。最难以忍受的是，马上要升初三的表弟对我投来的蔑视的眼光。只有干活干到晚上八点多才走的保姆阿姨对我表示了善意，然而，阿姨带着同情心的热情反倒刺伤了我那颗脆弱的心。

有时，我也不想下班后独自留在公司，就会锁上办公室的门，嘴里吃着几块面包片，徘徊在寒冷的大街上，很晚才回到公寓。公寓的电梯经常出状况，有时会停在十八层顶层一动不动，只能爬楼梯到十三层。我强忍着无法向人诉说的苦痛，怒视紧闭的电梯门。据说，有人曾多次向物业反映，也进行过检测，但可能是因为安装的问题，一直都没能解决。

如果电梯不下来，我就把包斜挎起来开始爬楼梯，用右手扶着冰冷的栏杆，弯着腰往上爬，累了就停在楼道的窗户前，俯瞰着黑暗中寂寞的公寓广场。就这样终于爬到十三层后，等着我按门铃的是一扇铁门。

门很笨重，让人感觉它好像在顽强地拒绝一切贫穷和饥饿的肉体。那扇铁门般沉重的沉默填满了公寓的密闭楼梯间。我从一数到二十后，才按了门铃。打开门，当我站在玄关处时，绒毛般温暖的空气包围了我疲惫的身体。每当这时，我心中就产生莫名的背叛感。

"那个姐姐到底要待多久啊？"

一天晚上，我无意间推开了没有上锁的门，走进去时，听到二表妹在厨房里对小姨说话。我悄悄脱下皮鞋，仔细听着表妹的抱怨。

"从一开始，她就打算赖着不走吧。现在都快到二月末了，我快疯了……我讨厌我学习的时候她在旁边发出沙沙声，也讨厌她先呼呼大睡，这些我都讨厌。"

"又在说那种不懂事的话。你放心，她说过新学期开学之前，一定会搬出去的。再说了，她是外人吗？她住这里只是暂时的，再忍一忍吧。"

小姨的回答虽然很明确，但语气里好像带有一丝不满。

"脸皮真够厚的，要赖到被赶出去为止吗？所以，妈妈，你跟她说让她搬出去住吧，给她提个醒嘛。"

"知道了，真是的，不要再说了，好吗？"

我重新拿起包，穿上皮鞋。我走到门外，却无处可去。电梯正在运转，我却走楼梯到了一楼。我一边下楼一边想：我要坚强地活下去。

我的心异常冷静。

那天晚上，我乘电梯回到小姨家，毫不犹豫地按门铃后对小姨说，即使新学期开始了我也无处可去，在没有赚到全租房租金之前，就算赶我，我也不能搬出去。等我一口气说完，小姨的圆脸变得很苍白。

"你怎么变成这样？"

小姨的声音有些颤抖。

"如果你妈看到你这样会说什么呢？"

我默默地抬头看了看小姨的脸。

第二天开始，我早早下班回家，坐在饭桌前等着保姆阿姨给我放碗筷、盛汤，吃了两碗米饭。如果住一个房间的二表妹随便对我发脾气，我会反过来加倍地训她。

一天下班后，我在公交车站等去往地铁站的公交车时看到一个女学生，她的书包里插着卷起的淡紫色硬纸板，看样子是美术系的学生。我偷瞄了好一会儿她那显得富贵的白净额头和长着精致五官的侧脸，心中不由得产生一种凄凉的感觉。公交车终于到站了。十余名乘客混乱地拥到公交车的前门，这时，插在女学生包里的硬纸板卷刮到了紧跟其身后准备上车的一个中年女人的脸。

吓坏的女学生刚想道歉，中年女人瞬间蛮横无理地用打在自己脸上的那捆硬纸卷抽打了女学生的脸。女学生脸色变得煞白，中年女人依旧用不堪入耳的脏话恶狠狠地骂着。女学生的厚嘴唇里顿时发出像小孩抽风般的哭声,但没有人安慰她。一阵骚乱后,公交车出发时,女学生正抓着公交车把手,站在后面抽泣,而那个中年女人竟恬不知耻地让一个男生给自己让座。

荒唐的是,我当时居然对那个中年女人产生了亲密感。

我在想,那个女人在这个世间究竟遭遇了什么样的践踏和跌倒,才会变成这副模样。我默默观察着那个女人野蛮的愤怒和报复、怒气冲冲的眼睛,她的大嗓门,以及厚颜无耻和尖酸刻薄的语气,被一种奇怪的悲伤所包围,那悲伤难以用怜悯或失望来解释。

那天,在地铁上我被人踩了一脚。那只脚的主人面露难为情的神色,我冷冰冰地瞪了他一眼。看着地铁上乞讨的老人和孤儿,我回想起过去曾热心帮助别人的自己,觉得那仿佛是别人。

地铁玻璃窗上映出阴沉的车厢,我的脸在里面显得有些陌生。我渐渐明白那个戴着面具的人不能再流泪,我身体里的血管就像干涸的水库一样已枯萎。就像在首尔第一次偶遇的仁淑姐姐的脸一样,我的脸颊已凹陷,瘦削的脖颈上能看到数条青色的静脉毛细血管。

几天后,小姨把我叫到厨房的饭桌前。

"我也知道年纪尚小的你处境很难,所以没让你搬出去。

这几天，我一直在想你和你母亲。"

小姨把话说了一半，仔细观察我的脸。

"那个阳台……"

我望着小姨那被涂成浊色的薄嘴唇，掰弄起了手指关节。小姨动听的女高音像玻璃碎片一样扎进我的耳朵里。

"把那个地方作为你的卧室如何？以前因为想打通客厅，还在那里铺了地板革。虽然会有点冷，但铺上毯子关上窗户，还是可以的。如果不合适，就在沙发上睡觉……毕竟是单独的一间，你住着不也很好吗？"

在二月即将结束的周末，我把行李搬到了阳台。为便于大家来回出入，在阳台中央放了一个晾衣架，我的被子就叠放在右边。

阳台和客厅中间隔着一扇不透明的玻璃推拉门，说得好听一点，整面墙都是窗户。十五栋在十六栋的斜对面，所以在我的阳台不仅可以眺望十五栋建筑，还可以眺望到首尔市区和市郊的群山轮廓。我把塑料小炕桌放到阳台的左侧角落，利用一整个下午在旁边整理了书和笔记本。其间，我偶尔转头看窗外，暖冬里耀眼的太阳光洒向大地。对面阳台上有一个年轻女子在给盆栽浇水。公寓广场中央的十字花坛旁边，有几个六七岁小孩用白粉笔画好线，在玩跳房子游戏。

公寓村的夜幕降临了。我靠坐在挨近客厅的玻璃门上，凝望首尔的夜景。我铺了毯子，盖上被子躺下时，仿佛灯光和黑暗与我做伴。那里太高了，我感觉自己悬挂在悬崖上。那天夜里，我醒来好几次，看到了巨幅的首尔夜景。

从那时起，我的夜视能力变差了。就像美术系的学生长时间画石膏素描受白光刺激而视力下降一样，曾经可以直视黑暗的我，渐渐无法辨别出黑暗中的事物。因为无法分辨明暗度，首尔的夜灯看起来就像远方夜海中无数点亮诱鱼灯的鱿鱼捕捞船。在正午的办公室里，或在阳光倾泻的大街上，每当闭上眼睛，我都会看到昨晚辗转反侧时从眼前飘过的夜晚灯光。

即便我穿上大衣，用被子裹着身子入睡，一到凌晨，还是会被单层玻璃窗缝隙渗透进来的寒气冻醒。

因此，我还尝试过几次等晚归的姨夫入睡后，蜷缩在宽敞的客厅角落里过夜。但是，对原本就很难入睡的我来说，无法忍受的是出入卫生间的家人，尤其是我还要看姨夫的脸色。

然而，我跟小姨一家人相处时，一点儿都不露声色。我卑微地笑出声，假装若无其事，直到给人留下厚脸皮的印象为止。因为我明白，只有这样，我才能在那里坚持下去。渐渐地，家人想当然地以为我就是那种人。同事们也说我变了很多，而这种变化似乎让他们觉得我更好相处了。或许仁淑姐姐离开时，早已将我塑造成了她所忠告的那个样子。到了三月份我才还清公司的欠款，整整用了十个月。当我重新每个月在银行定期存款时，已经不再抱有所谓的希望了。相反，一直支撑我的是从仁淑姐姐那里学到的傲气。我为了得到它，不知付出了何等巨大的代价。

有时，我会感到胸口被尖锐的东西穿透的疼痛。每当这时，我会拖着疲惫的身体，在漆黑的夜晚走路回家。偶尔抬起头，看看黑暗的夜空中阴郁地发着光的月亮。到了晚上，我因为视力急剧下降，为了不摔倒或碰撞，要时刻绷紧神经。当我关上客厅的推拉门，站在夜灯前时，我一整天伪装的所有若无其事和冷嘲热讽都消失得无影无踪。当我在这个世界上的时候，我是孤独的；当我从这个世界回来的时候，我更是孤独的。首尔宽阔的夜景，与去年冬天从未忘却过的仁淑姐姐的脸，重叠在一起，在我眼前摇曳着。

奇怪的是，仁淑姐姐在夜灯下摇曳的脸，少了那份她惯常带着的刻薄。她是夺走我四年岁月的人，是背叛我的人，也是将我逼到如同世界尽头一般的阳台上的人。收拾行李离开全租房时，我曾发誓，无论如何都要找到仁淑姐姐，狠狠地扇她一巴掌，然后把钱夺回来。然而，现在她那瘦长的脸却在黑暗中泛着微微的白光，透着一种悲哀。就像那个雨雪交加的下午，我和她并排坐在出租车后座时，看到的那张苍白的脸。我无法理解自己的心情，我的内心越是痛苦，那个眼睛闭着、下巴上还沾着未干的瘀血的仁淑姐姐的脸，就越是在灯光下变得苍白消瘦。那是一个痛苦的幻影，让我怎么也无法入睡。

因为难以入睡，我便打开桌上的台灯看书。尽管不知道什么时候才能凑够学费，但我依然翻看着高考参考书，并且每天读五页英译本《安娜·卡列尼娜》。夜深了，当困意袭来，头垂向桌面时，我才关掉台灯。但阳台天花板上的三十瓦白炽灯彻夜亮着，因为四周仿佛伸出利爪向我袭来的黑暗，让我无法忍受。就像在茫茫夜海上漂流的木筏上紧紧抓住一束微弱的手电筒光一样，我依靠着那盏白炽灯微弱的光芒。每当小心翼翼地裹紧毯子，避免脚后跟露出来，侧身躺下时，我都会咬紧牙关，望着灯火辉煌的首尔夜景，艰难地入睡。

我遇见姜冥焕这个男人，是在三月已然过去，冰雹般的雨雪夹杂着沙尘暴纷飞的四月。

3

当我经过警卫室时，灯丝在透明的灯泡里闪烁着耀眼的光芒。我来到亮着苍白荧光灯的玄关，警卫室里有一台十四英寸电视正在预报天气。

"连续几天保持着高出往年五六摄氏度的异常气温，明天是休息日，大概一整天都是闷热的晴天……"

我站在电梯前，改变了以往在黑暗中走路的姿势，耐心地等待着正在缓慢下降的电梯。

明天，我将要结束这里的生活。

然而，这并没有让我开心或是安心。我咬着下嘴唇，用手指敲打着涂过灰的水泥墙，回头看了一眼玄关外面的黑暗。

电梯是空的。我害怕有人追进来，赶紧按了关门键，然后按了数字"13"。

这是最后一次了。

我想，乘坐这个电梯也是最后一次了。

到了十三层，电梯门开了。两扇相对而立的铁门之间流淌着凝重的沉默。我在按门铃前习惯性地犹豫了一下。

这个犹豫也是最后一次了。

随即按下了门铃。

"你是永珍吗？"

小姨轻快的女高音传到耳边。

"这么晚啊！"

小姨一边打开玄关门，一边露出灿烂的笑容。

当我告诉小姨已经找到房子时，她露出了藏不住的喜悦。在此后的半个月里，小姨对我明显变得体贴。我知道小姨原本就是个善良的女人，所以没有太感动。我觉得动情是件愚蠢的事情，便没有直视站在我对面用围裙擦手的小姨的眼睛，只是轻轻地点头致意道："我回来了。"

"晚饭呢？"

"吃过了。"

"热吧，吃点水果吗？"小姨再次笑着问。

"我没胃口。"

我打开推拉门，走进黑暗的阳台房间。打开阳台天花板上的灯，蹲下收拾衣服。我想，洗个热水澡，心情会好点。离开这里，就再也享受不到在家中洗热水澡的待遇了。我来到客厅，敲了浴室的门，二表妹气鼓鼓地说道：

"我需要很长时间！"

便秘的老二似乎像往常一样要独占浴室三十分钟以上。

回到阳台的房间后，我估摸了一下冥焕经常站着的公寓广场的角落位置，没有看到冥焕的拐杖，又抬眼看了一下冥焕的房间。那个房间和平时一样关着灯。我跪坐着，抚了抚过去几天里长出痱子的后背和前胸，便翻开了胡乱放在塑料桌旁的一本英文诗集。

You are like a flower that grows in the shade;
the gentle breeze comes and bears your seed into
the sunlight, where you will live again in beauty.

> 你就像一朵生长在阴凉处的花，微风将你的种子吹进阳光里，在那里你将重新生活在美丽中。[1]

对面公寓灯火通明的窗户似乎在嘲讽般凝视着我。我啪地合上书，用力向着那些灯光扔去。书撞到阳台栏杆，掉落在我面前。

"你不需要房子吗？"去年春天，冥焕突然这样问我，"因为觉得你需要房子，所以我才问你。"

那是一个沙尘暴肆虐的休息日下午。我为了躲避整天穿着睡衣在屋里晃来晃去的姨夫，决定走出公寓去市内的大型书店买新出的考试参考书。如果想从公寓走到地铁站，必须穿过八车道。停在人行横道前等红灯时，我发现人行横道中间站着一个拄着拐杖的男人。

看来男人在上次绿灯的时间内只能走到人行横道中间。他看起来有三十七八岁，穿着与天气不相符的冬季毛夹克和褪色的深蓝色毛料裤。拄着拐杖的左腿膝盖以下的裤管空荡荡的，在沙尘暴的风中左右摇晃着。

如果只是这样，我不会注意到那个男人。不仅是我，在人行横道上等信号灯的所有人都一直盯着那个男人，那是因为男

---

[1] 纪伯伦《致我的穷朋友》。

人的眼神。

那眼神充满仇恨。他咬紧牙关,紧紧地盯着包括我在内的他对面的所有人,脸上似乎还带着令人毛骨悚然的杀气,似乎对所有人都怀有仇恨,在用尽全身的力气怒视着这个世界。

我突然想起好像在哪儿见过他。

那是我住在阳台一周后的休息日早晨,我和保姆阿姨正把洗完的衣服晾到晾衣架上。公寓广场上并排停着两辆搬家公司的卡车,巨大的缆车云梯在旁边凶巴巴地昂起头。在八楼的阳台上,有一个搬运工把家具放进云梯,广场上等候的两名工人则把它卸下来再搬上卡车。我饶有兴趣地看着他们有条不紊地搬运庞大的家具,但更引起我注意的是站在卡车旁边的两个小男孩。他们看起来像是正在搬家的那家人的孩子,正不停地用拳头擦拭眼角的泪水。他们不顾周围忙碌着来回搬运行李的大人们,彼此依靠着肩膀默默地哭泣。

那真是一派凄凉的景象。

我停下了抖衣服的手,茫然地看着那些孩子。旁边的保姆阿姨咂了咂舌头。

"终于要走了,可能是再也无法忍受了。怪可怜的……"

阿姨突然"哎哟"一声,用一只手捂住了自己的嘴巴。

"快看,看那个人!别人正搬家呢,他竟然来了,孩子们都被他吓哭了。"

那时候，我第一次见到那个男人。他靠立在公寓大门的警卫室，因为有一定距离，看不清脸部细节，但空荡的裤脚和不起眼的装扮给人留下了深刻的印象。

听阿姨说，那天搬家的孩子爸爸在去年夏天的一个晚上，开着中型轿车，因为超速，撞到了正在过人行横道的一对年轻夫妇。

怀孕五个月的女子当场去世，而男人的一条腿被车轮碾轧。男人原是上班族，做销售，经过截肢手术后，面临失去工作的境地。

孩子的父亲是一家有名企业的理事的侄子，他向失去一条腿的男人支付了巨额赔偿金，总算了事。但是轧死人的精神压力持续困扰了他三个多月，因此他的妻子非常担心。然而，当他刚从负罪感和痛苦中挣扎出来，重新恢复正常生活节奏的时候，又出现了问题。

失去一条腿的男人拄着拐杖，开始出现在他的家人面前。男人来到游乐场，狠狠地盯着他们家两个小孩玩耍。他那可怕的凝视一直持续到孩子们因恐惧而停止游戏为止。男人有时还按门铃闯进他们家要茶水喝，只有年轻的妈妈在家，她战战兢兢地给他端来咖啡，男人坦言，他用得到的赔偿金买了这栋楼不同楼层的房子。

"我只是想住在你们身边，这就是全部理由。"

男人的脸上没有一丝笑意，从头到脚打量着孩子的妈妈，他冰冷的眼神让人不寒而栗。

渐渐地，男人开始闯入这一家人的生活，他白天经常拜访孩子的妈妈。有一次，他坐在沙发上像是自言自语地对她说：

"我妻子也曾经和你一样幸福……"

在她犹豫不决不知如何回答之际，男人突然发作，开始砸客厅里的东西。

"可是你们却过得这么好，过得太好了！"

直到孩子的妈妈用对讲机向警卫室求救，他仍旧脸红脖子粗地破口大骂着。

据阿姨说，那对夫妻是出了名地善良。其实这起交通事故，他们已经赔偿了，也算了结了，所以只要报警就可以解决，可是他们却不忍心那样做。

孩子妈妈的脸色越来越差，更糟糕的是，连孩子们的情绪也受到了影响。孩子爸爸日渐消瘦，常常半夜从睡梦中惊醒。实在没办法的夫妻拿着成箱的苹果和肉去了男人家。

"门开着呢！"夫妻俩按门铃后，男人用沙哑的声音回答道。男人家里没有家具。阳光透过没有拉窗帘的阳台照射进来，空荡荡的客厅地板上堆着成团的灰尘。

"还没搬来家具吗？"孩子的妈妈为了缓解尴尬的沉默问起时，男人板着脸回答道："没有。"

"那以前用过的……"

"都烧了。"

男人的脸像死人一样冰冷。年轻夫妇艰难地说出谢罪和安慰的话后,悄悄放下带去的水果和肉,还有装有现金支票的信封,走出了玄关。在他们走入电梯的瞬间,从男人的房间传来了撕心裂肺的叫声。只见他用双臂和一条腿爬出来,用力将苹果箱推到玄关外,又将信封和装着牛肉的塑料袋扔到走廊里。撒出来的支票飞到空中,走廊里散落着血红色的牛肉。

阿姨对因无法忍受持续两个月的折磨而搬家的年轻夫妇表示了深深的同情。

"……他半夜在那对夫妇家门口晃来晃去,连隔壁的人都深受其害。"

我俯视了倚在警卫室门口的男人,他一动不动地看着行李被装上卡车。留着短烫发、身穿长喇叭裙的年轻妈妈坐上了轿车的驾驶座。那个想用钱得到原谅和救赎但未能如愿的、穿着双排扣西服的年轻爸爸,带着哭泣的孩子们坐上了后座。身材高大、戴金丝框眼镜的他在努力忽视着那个男人。

轿车出发后,卡车也伴随着嘈杂的引擎声离开了。宽敞的公寓广场上,只剩垃圾袋和纸片在寒风中飘扬。男人就像树干被锯断后剩下的树桩一样,定在广场的角落里,呆呆地看着所有人离开后空荡荡的场地。

我对男人起了强烈的好奇心。如果我是这个男人,我会怎么做?会找到他们的新住址,跟着搬过去吗?会继续这种游戏,直到他们的灵魂和肉体崩溃为止吗?

然而,那个男人并没有离开公寓,我总能听到小姨和阿姨在厨房里叽叽咕咕地议论着那个男人。据说,很多人都看到那个面容憔悴的男人在公寓广场和游乐场晃来晃去。在这个相似的人住在一起的公寓村里,这个不寻常的男人似乎成了有趣的话题。

"不管怎么说,对孩子们的成长不利……"

"可是我们没有办法赶走他啊!"

据说,有人在公寓附近的餐厅里看到了男人的身影。有传闻称,他当场喝光三瓶烧酒后,是从酒吧爬着出去的。

那天下午,当我近距离看到男人后,他给我的印象比预想中更强烈。那感觉就像点燃火柴时产生的硫黄味一样,是一种一旦被吸入,就会永久留在肺里一辈子都不会分解的、不能抗拒的毁灭的味道。

男人怒视对面行人的眼神与我的眼神交会了。绿灯亮了,男人好像突然改变了主意,转身穿过刚走过的人行横道。我很惊讶,正想从他身边经过时,男人喊道:"喂!"

因为我根本没料到他会叫我,所以只是回头向他瞟了一眼。然而，我发现男人阴郁的脸正明确地朝着我。与充满怨气的眼神不同，男人的声音显得非常疲惫。他把全身的重量都倚在拐杖上，用疲惫的声音问道："你是不是住在十六栋十三层？"

我瞬间屏住了呼吸，因为我看到了男人挽起的夹克袖口下，清楚显现出被烟头灼烧的烙印。我不禁想象着在燃烧的气味和焦煳的烟雾中，男人咬紧嘴唇怒骂的模样。然而，与那可怕的自残痕迹不相符的，是他的声音却出奇地平静。

"我住在十五栋十四层。"

我勉强挤出一丝礼貌的微笑回答道："啊，是这样啊！"

但我显然无法掩饰警戒之色。男子介绍自己叫姜冥焕，随后，毫不犹豫地大胆问道："不需要房子吗？"

"您说什么？"

"是因为觉得你需要房子才问的。如果有房子，就不会睡在阳台上。"

我气得浑身的血往上涌。

"如果伤了你的自尊，对不起，我只是……"似乎察觉到我满脸通红，男人这次小心翼翼地说道，"我想把我的房子给你。"

"您在说什么呢？"我以为我听错了。

"就是说要把我的房子送给你。"

看他的表情很真诚，我一时间怀疑他是不是疯了。

"是四十二坪的房子，不是全租，是我自己的房子，是我的全部财产。我想送给你，因为现在我已经不需要了。"

没有必要再和他费口舌了，于是我转身走开了。

疯子！我在心里对着男人的脸骂了一句。

那个男人尽管拄着拐杖，但快速地向我追了过来，说："从去年冬天开始，我就一直在寻找可以接受我房子的人。你是合适的人选，我不想给别人。"

我停住了脚步，回头直视着男人的眼睛说道："喂，我不但不相信您的话，而且就算相信，我也不是乞丐。"

那天下午，我一直在钟路的大型书店挑选书籍，心里却始终难以平静。他说他的房间在十五栋十四层。想到那个阴郁的男人可能每天晚上都在窥视我的房间，这种念头如影随形，挥之不去。如果真是这样，那么不仅是他，整栋十五栋楼里的人可能都看到了我裹着毯子睡觉的模样。这让我感到难以忍受的羞耻。

从第二天起，那个叫姜冥焕的男人开始每天等我下班。

"不是让你马上做出决定。"第三次见面时，冥焕认真地说道。

"请仔细想一想，这对你来说也是一个好机会，也许它会成为你一生中的一大笔财富。"

冥焕不断挡在我面前,一瘸一拐地艰难跟随我直到电梯前。我满怀复杂难言的情绪看着他的脸,冥焕露出恳切哀求的表情。但那表情与他肮脏、阴沉的脸色极不相称,令人不寒而栗,他仿佛将整个生命都赌在我的一句回答上。

"我还不知道您在说什么。"

"不知道什么?"冥焕终于发怒了。

"多简单的事!我现在把自己不再需要的房子赠送给你,所以请你把它收下!"

电梯门开了,我走了进去。冥焕站在门口,用发狂的眼神凝视着我。他的眼神好像确信从我的嘴里很快就会蹦出来这样的回答:"好的!"我被恐惧吞噬,急忙按下了关门键。

4

客厅的挂钟敲响了十二下,直到傍晚徘徊在阳台外的炎热的夏夜空气逐渐冷却。

透过敞开的玻璃门俯瞰所见的城市就像坟墓一样。夜晚的灯光看上去像是坟墓里一起殉葬的廉价宝石。在阳光下如此炎热、喧闹的城市,因无数次争斗、阴谋和相遇而沸腾的首尔,它们在石棺般寒冷的黑暗中,显得悠长而疲惫。

我靠在通往客厅的玻璃门上,想着仁淑姐姐。那个我曾以为再也见不到的人，我们偶然相遇已是一个月前的事了。她那张蜡黄、瘫软如变质的豆腐般的脸，在夜晚的灯光下摇曳着。我轻轻地咬了一下嘴唇。

老二和老三并排坐着看电视，配音演员高亢的声音隐约传入我的耳朵。姐弟俩这天晚上也开着客厅的灯。

"谁会闲着没事看姐姐睡觉？为什么突然装敏感呢？"

自从接到冥焕的突然提议后，我关掉了阳台的灯，还请求表妹表弟到了晚上把客厅的灯关掉。本以为如果把阳台和客厅的灯全都关掉，我沉睡在黑暗中的模样就不会被任何人看到。然而，姐弟俩并不理解。

这个夜晚将是我和这俩孩子一起度过的最后一晚。"最后"这个单词让这套房子里的很多事都变得轻松了起来。曾经让人如此痛苦的事情，现在竟也能坦然面对。想到这里，我看清自己脆弱的心灵，不禁露出一抹苦笑。不久后，客厅里传来关电视的动静。姐弟俩小声交谈着，一个进了浴室，一个进了厨房。再过二十来分钟，他们就会各自回房间睡觉了。

我关掉那个像等待救援的手电筒般的三十瓦灯泡后，彻夜未眠的日子便多了起来。抬头望着冥焕熄灯的房间，那里的黑暗和我躺着的阳台的黑暗并无二致。它们仿佛彼此交融，串通着阴谋，在两栋公寓楼之间游走徘徊。夜渐渐深了，首尔的灯光逐渐减少，仿佛被黑暗遮住的巨大的飞禽在一口一口地吞噬着城市。当几乎所有的灯光都熄灭，只剩下几个零星的白点时，淡淡的蓝色开始从东边蔓延开来，那是黎明的蓝色。到那时，我才终于稍稍安下心试图入眠，充血的眼睛仿佛飞入了沙粒般涩痛。

这是一段非常煎熬的日子，不仅因为有人在窥视我的生活让我感到痛苦，也因为冥焕的态度过于真诚，无法单纯将他的行为当作疯子的举动而忽视。有时，我会想象我接受冥焕房屋时的情形。如果我接受了那个疯子的提议，就好像好莱坞电影里最后的大反转一样，我会瞬间成为资产上亿的富翁，家乡的父母、小姨的家人都会因此惊掉下巴。我甚至开始怀疑，不立刻答应他的提议，是不是不正常？然而每当我猛然惊醒时，又会重新说服自己，这怎么可能是真的？

冥焕敏锐地感知到我在动摇，开始不再一味地哀求，反而变得从容起来。随着时间的推移，他的脸上没了初次见面时令人毛骨悚然的杀意，取而代之的是隐藏在冷漠与怨恨下的痛苦痕迹。奇怪的是，尽管痛苦的痕迹如此明显，他的脸色却一天比一天显得轻松自在。冥焕的样子看起来像一个搬运工，每天按约定时间，将身上的重担一点一点卸下，继续前进。他好像越来越确信，我会接受他的提议。

"你听我说！"这是冥焕等了我一个月后的五月的傍晚，他冲我露出有些不自在的笑容，开口说道。

那是我第一次看到冥焕笑。我有些吃惊地抬头看着黑暗中露出白牙的冥焕。

"过来坐吧。"

冥焕坐在花坛前的长椅上,从夹克内兜里掏出了香烟,拐杖依然夹在腋下。我犹豫了一下,为了尽量远离冥焕,只坐在长椅的边缘。冥焕刚一打着打火机,他那微微泛红的脸庞就在火光中显得明亮而温暖。奇怪的是,那天晚上,冥焕身上散发出一种我从未在他身上感受到的人情味。一直像面具一样厚厚地笼罩着他的痛苦好像暂时被摘下,冥焕的脸显得乐观和亲切。

我心想,事故发生前的他会不会是这个样子?我有些紧张地等待着冥焕的下一句话。

"你在那个房间里,看着那些灯光时会想什么?"

冥焕吐着青烟,梦呓般看着公寓楼的灯光。烟雾在黑暗中散去,像细长的水流缠绕着他的上半身。

对于冥焕突如其来的提问,我有些慌张。因为在我的记忆里,从来没有站在灯光前想过什么。我只是在疲惫地回到家看着灯光时,想过每一缕灯光都是一个手势。

"这里住着人,我在这里呼吸……这里,这里,我也在这里吃饭睡觉,我也是,我也是……"

成千上万的动作汇聚的无数灯光如露珠般点缀在夜幕

之中。

在首尔度过的这四年里，我并非靠自己的力量生活，而是靠希望的力量支撑着。我什么都能承受。尽管现在像一只丑小鸭，蜷缩在世界的角落，忍受着不愿面对的事，但我始终像咒语一样相信，总有一天真正的生活会开始。

然而，就在我觉得那真正的生活一步步向我走近时，仁淑姐姐离开了。我隐约感到，她让我失去的不仅是金钱和信任，我也忘记了如何与生活和解。当生活背弃我时，我也毫不留恋地转身离开了。我将打磨好的傲气像一把短刀一样护在胸前，反而被自己的刀刃割伤，流血不止。

然而，当我望着那些像安慰的手势一样灿烂的灯光时，仁淑姐姐消瘦的脸也一天天模糊、凋零。凝结在心底的瘀血，似乎也在不知不觉间慢慢散去。瘀血消失后，取代的是一种模糊的眷恋。那些愚蠢的眷恋意味着，我没有失去任何东西，什么也没有结束或开始，与其说忘记一切重新开始，还不如以现在的状态一直生活下去。那其实是一种对未知的勇气。

冥焕再次问我："在无数灯火通明的窗户中，却没有一个真正属于我的地方，是这样吗？"

冥焕带着苦涩的笑容，深深地吸了一口烟。我含糊地摇了摇头，冥焕并不在意地继续说道："我恰好相反，每当深夜凝视着这些灯光，我就会想，不管在哪儿，我都可以进去……"

我偷偷瞄了一眼他那满怀渴望望向灯光的侧脸。

"但是……我这个想法更让人痛苦。你觉得呢？你觉得哪个更好？"

冥焕就像独自表演的喜剧演员一样，自顾自地笑了一会儿。片刻后，那虚无的笑意突然散去，他的语气中带着一丝落寞，缓缓说道："总之，可以肯定的是……"

那一刻，我意识到冥焕的话不是特意说给我听的。就像一个大病初愈的人虚弱地说出的几句问候语中带着深沉的思念一样，冥焕低沉的声音里透着一种我从未想象过的孤独与遗憾。

"我能爱上的，只有这夜景……"

我再次见到仁淑姐姐是在第二天。

那天，我下班途中和几个同事一起去了大学附属医院的殡仪馆，吊唁上司突然逝去的母亲。平时被评价为"铁石心肠"的四十多岁上司正痛哭流涕。他十岁左右的女儿穿着黑色高领毛衣，带着天真的表情观察着父亲的脸色。当同事们寒暄着"不知道该说些什么……"的时候，上司虽以微笑回应，但眼泪不断地流下来。他甚至下意识地舔掉泪水后咽下去，却丝毫没有意识到自己的眼泪还在流。

与几个人一起聊着轻松的话题进入医院时不同，离开殡仪馆时，每个人都怀着沉重而忧郁的心情。傍晚的阳光透过云层散发出灿烂的光辉。

仁淑姐姐逆光坐在沐浴着晚霞的医院入口西侧的长椅上。她的样子变化太大,只隔着一米的距离,我却差点错过了。

"永珍!"

仁淑姐姐先叫住了我,我无法相信自己的耳朵和眼睛。她没有从长椅上起身。她那瘦削的脸颊和下巴如今胖得有好几道褶皱。不仅是胸部和腰部,整个身体都像泡在淘米水里膨胀的海带一样臃肿。我简直不敢相信她是二十几岁的姑娘,眼前的她明明有着一张不折不扣的中年女人的脸。

我惊慌地低头向同事们告别,想让他们先回去。

"说是肝癌。"仁淑姐姐冲着我的侧脸平静地说道。她的眼睛望着远处,不是对面的病房,也不是对面的花园。

她说,去年冬天,她总有一种不好的预感,所以去了医院,结果知道自己患了和父亲相同的病。刚开始她一直否认,以为只是一场噩梦,但后来她下定决心不再像父亲一样死去。最终她收拾行李逃走后,立即进行了手术。现在,她的身体刚刚恢复到可以行动的程度,正在接受门诊治疗。

那天,她因为化疗后的药物副作用,感到头晕目眩,全身无力,坐在长椅上近一个小时。她说,痊愈的可能性很渺茫。每天早上醒来时,都感觉死亡在一点点逼近。主治医生也没有给出什么乐观的承诺。

"我真的不想死！"

她躲开我的眼睛，平静地讲述了这段时间的故事。但是对于自己去年冬天的行为，她只字未提。

"因为太不甘心了……"仁淑姐姐望着远处，她泛黄的眼白和肿胀的脸庞中，眼神凄凉却又透着一丝微光。"就这样死的话……"从她的眼睛里滴落了晶莹的泪水。

那天晚上，冥焕在清醒的状态下等着我。他一见我就说，第二天是周六，让我和他一起去法律事务所，并嘱咐我不要忘记带身份证和印章。

"转让所得税应该不是小数目。"冥焕意气风发地说，"但是不用担心，我的银行账户里的赔偿金还剩很多，我会用现金支付的。"

我惊愕地打断了冥焕的话："我还没答应呢！"

冥焕面对我僵硬的表情没有说什么，只是大声笑了起来。

"您把那套房子给我之后，打算住在哪里啊？"

也许是因为我的提问，冥焕的笑声变得更大："哈哈哈哈……"冥焕一边擦着眼泪一边笑了起来。看到冥焕突然的举动，我下意识地咬住了嘴唇。因与仁淑姐姐意想不到的相遇而疲惫不堪的我，心里盼望着给我带来困惑的这段时间能够快点过去。我希望这个与我无关的不幸男人的笑声和疯狂快点从我眼前消失。

冥焕突然严肃起来。

"请听我说。"

冥焕坐在长椅上,和上次不同的是,他把拐杖靠在长椅上。尽管他没有执意让我坐在他旁边,但我疲惫的下半身早已坐在了椅子上,我的上半身放松地靠在椅背上。

冥焕为了让快没气的打火机打着最后一道火,小心翼翼地用大拇指拨弄着。随着"咔嗒"一声,小火苗点燃后又熄灭了。深吸第一口烟后,冥焕用非常低沉的声音开始讲起往事。

"妻子当时正在怀孕……因为身体特别虚弱,自然流产了三次。那次好不容易挺到五个月,正高兴着呢……要是死神没把她带走,孩子应该出生了,现在都已经过百日宴了吧……如果孩子长得像妻子,应该是白净、爱笑的孩子。"

枝叶繁茂的丁香树挡住了路灯的光线,所以我看不出冥焕的表情。熟悉的黑暗正在侵蚀着冥焕的脸庞和身体。

"我曾经是个体面的工薪族,死亡并没有把我全部吞噬。"

冥焕提着自己空着的左裤脚摇晃着。

"就这么一点,就吞了这么一点,然后吐出来。也许……"

他失落地笑了。

"也许是觉得吞下这些就足够了吧!"

一瞬间,我看到他那双闪亮的眼睛停留在十五栋建筑的灯光上。

"你知道把我变成这副模样的人曾住在这里吗？"

我默默地点了点头。我想起了下午见到的仁淑姐姐，想起她完全变样的脸和稀疏的头发。我感到揪心的痛。当我跟她要电话号码和地址时，仁淑姐姐用呆滞的眼神看着我的脸。我从日记本上撕了一张纸，写下小姨家的电话号码递给了她，仁淑姐姐连看都没看，就随手塞进胸口口袋里。

"你还是那么傻啊！"仁淑姐姐低着头嘟囔着。几根褪色、枯黄的头发垂在她那肿胀的脸颊上，"我怎么能给你打电话呢？"

"……他是个不错的人。我一开始就知道他是个很不错的人。"冥焕说，某个深夜，年轻男人独自来到自己面前跪下了，他说自己很痛苦，一切错都归咎于他，恳求千万不要伤害他的妻子和孩子。

冥焕顿了一下。

"然后他们搬走了。"

难以意会的微笑停留在冥焕的嘴边："小家伙们用拳头擦着眼泪。"

突然传来短而沉闷的汽车鸣笛声。冥焕把视线转向从大门进来的轿车，开着高级轿车回来的人们正在寻找停车位。

"要停在这里吗？"

"再往里一点试试。"

身穿白衬衫的他们从轿车玻璃窗的缝隙中探出头来,提高了嗓门。黑暗在他们的头上,还有修长的车身曲线上翻腾着。冥焕看着他们,沉默了一会儿。褪色的丁香花芳香钻进了鼻孔。

"原来也可以查出他们搬到哪里,然后跟过去,但又何必呢?我独自一人发起的战争,就这样没趣地以我的胜利而告终了……不过奇怪吧,他们一家人走了,只剩下我一个人了。这栋大公寓,不管怎么样,唯一与我有关联的人离开后……"

"呵呵呵!"冥焕笑着把没抽完的烟头用右脚的皮鞋后跟使劲蹍压着。他的笑声像呻吟一样。

"你问我去哪里吗?"

冥焕没有回答自己的问题。

凝重的沉默与黑暗一起包围着冥焕。我有一种不祥的预感。这是当我知道仁淑姐姐逃离时体会过的那种后背冷飕飕的感觉。仿佛在抵抗那不祥的预感,仿佛在抵抗冥焕周围令人不快的沉默和黑暗,我声嘶力竭地喊道:"喂!"

冥焕没有作答。他紧闭着嘴唇一直沉默着,我受不了那种沉默。

"喂,现在看来您是个非常善良的人。"

这句话刚说完,冥焕又爆发出了和刚才一样的笑声。"哈哈哈哈哈……"这次的笑比刚才更持久。只见捧腹大笑的冥焕摇摇晃晃地站起来,甚至还以拐杖为轴转着圈。

"啊,啊,眼泪都掉下来了。"冥焕满脸笑容地说,"……难道还有人相信一个人可以善良地活下去吗?"

我又尴尬又生气。我想我再也无法忍受冥焕突然的笑声,但更无法忍受的悲伤涌上心头,所以我不知所措地抬头望着冥焕的笑脸。

"请不要这样盯着看我。"

突然冥焕伸手要挡住我的眼睛。我吓了一跳,把头往后一抽,冥焕的脸顿时僵住了。他把伸过来的手缩回去藏在背后,躲开了我的视线。

几秒钟的静默过后,他就以悔恨和痛苦交织在一起的声音,喃喃自语:"你不要这样盯着我。"

第二天凌晨三点,公寓村一带停电了。

花坛旁边通宵亮着的路灯、警卫室里的白炽灯、在远处市中心闪烁的一些灯光一下子熄灭了。

因为是深夜,公寓的家家户户都已沉睡。没有一家着急点亮蜡烛。我在寸步难行的黑暗中一直抱着毛毯。不管是闭眼还是睁眼,黑暗都是一样的。我感到了像小孩子一样的恐惧。为了证明我的肉体存在,我上下摸了摸肩膀、手、胸和膝盖。

时间过得很慢。我一边等待着黎明从东方到来,一边想着冥焕。我想象着在那么宽敞的房间里，连家具都没有放进去，灯都没开，凑合生活的冥焕。黑暗就像因化疗后的药物副作用而脱落的仁淑姐姐的长发，就像肚子里怀有冥焕孩子的陌生女人的血崩一样。

熹微的晨光并没有像我所焦急等待的那样早点到来，反而从五点左右开始下起了雨。黑色的雨柱敲打在紧锁的阳台玻璃窗上，撞得粉身碎骨。

缩着肩膀坐着的我意识到他要死了。

他说自己不需要房子，那意味着他的死亡。在我拒绝他提议的那段时间里，他的死一直被推迟。

好像来电了。

首尔的灯光开始一点一点亮起来，新的一天又开始了。灯光在雨中淋湿了，悄悄地向我招手。

这时，对面黑暗中传来了像受伤的野兽嚎叫一样低沉而痛苦的声音。那阴森森的呐喊在黑雨中震响了我那昏暗的阳台。

我推开毯子站起来，望着传来声音的黑暗。难以形容的恐惧使我的嘴唇瑟瑟发抖。两次、三次……响彻寂静的公寓村的撕心裂肺的声音像抽泣一样渐渐地消失了。

那一刻，我下定决心要离开。我必须从冥焕身边早日逃离，必须马上离开那个随时被他的黑暗占领的阳台房间。

5

夜空阴沉得让人窒息。住在阳台房间的我知道，公寓村的天空经过最黑暗的时刻之后才会破晓。我数次看见最漆黑的黑暗是最明显的黎明迹象，但每次我都会怀疑黎明。就像患有痼疾的人每经历一次疼痛都会确信死亡更近了一样，我常常陷入即将消失的黑暗似乎会永远持续下去的绝望之中。

这是我在这里度过的最后一个夜晚。

残缺的月亮挂在漆黑的西边夜空。月亮随着低沉的呻吟声被黑暗撕咬着。在那肆意暴虐的墨色黑暗中，未眠的五颜六色的灯光在闪烁。

从再次见到仁淑姐姐的第二天开始，我为了打听月租房信息，走遍周边地区的各个角落。每次回来我都精疲力竭，将快要瘫软下来的身体倚在阳台栏杆时，那些灯光总是逼着我去思考什么，去梦想什么，去窥视什么。

让我梦想什么呢？仁淑姐姐会死的。过不了多久，我也会在灿烂的首尔的某个角落病入膏肓。让我窥视什么呢？

每当我试图从灯光中回过头来时，它们就像在示威一样，像齐声揶揄一样，在忧郁的黑暗中大喊大叫，拍手叫好。

现在，那些对我来说已经不是安慰了，而是比绝望还要令人讨厌的眷恋。如果没有任何可能性，只是活着的人，那么不管三七二十一地粘在胸口上蠕动的眷恋，就像吸血的环节动物一样的东西，怎么能称为希望呢？在过去的一个月里，我常常背过身躺下，以免看到那些灯光。

怒视了一会儿那些灯光的我刚要俯身铺毯子，瞬间，看到黑暗的大门警卫室墙壁上有什么东西在闪光。

原来是灰蒙蒙的拐杖在那里。因为我一直仰望着天空，没有看到冥焕走出来。不知道冥焕是从什么时候开始站在那里的。我只看到熟悉的红色光点在闪烁着，他可能是在那里吸着烟。

他还活着。

喜悦和痛苦交织在一起，我的心都要塌下来了。过去的三天里，我被凶险的幻影所折磨。所有死亡的样子都横在我眼前。冥焕从十四层阳台上跳了下来，从破碎的头颅里像喷泉一样喷出的血流淌满一地，覆盖了广场。冥焕浇上油漆稀释剂的身子被火焰吞没，他在往脖子上系着绳子，用剃须刀往下割着动脉。每当这时，我都会用手背擦着额头上的冷汗，努力推开毫无意义的胡思乱想。

冥焕的烟头火光开始上下晃动。在广场的黑暗中，像从燃烧的柴火堆上飞向空中的火花一样的红色光点，一会儿飞升，一会儿下降，一会儿又飞升。我不由自主地向后退步。

那仿佛是向公寓的所有人挥动的冥焕的手势。因为所有的人都熟睡了,似乎只有我不走运地在看那个手势。

"下来吧,到这儿来。"

无声的光点继续在空中上下浮动。我把后背紧贴在通向客厅的推拉门上,摇了摇头。

没有必要下去,没有理由见他。

可是我好像被强大的力量抓住脖颈,把双手放在身后摸索着打开了推拉门,迈着小步穿过客厅,打开了前门。我用力按下电梯按钮,但数字指示灯却一动不动地显示顶层。我用手掌又拍了两下按钮,就跑下了楼梯。因为太黑看不见,脚踩空了几次。摔倒时,用胳膊下意识地支撑混凝土台阶,弄得手掌和胫骨都火辣辣的。我把手掌放在衣角上,边擦边走出玄关。我觉得脸发烫了,热气急促地从喉咙喷了出来。接着我舒着气走过广场,走到冥焕站着的角落时,只见他正用快烧到过滤嘴处的烟点燃嘴里叼着的卷烟。

冥焕的脸看上去好像被什么东西迷住了似的。乌青的烟雾飘散在黑暗中。在花坛旁的路灯下,我隐约能看到冥焕的脸发黑,差点认不出来了,而且变得非常糟糕。他看起来好像没有喝醉,但长时间被酒和汗水浸湿的痕迹非常显眼。

"你什么时候离开?"

冥焕用低沉而疲惫的声音向着站在离他三四步远的地方缓

着气的我问。

"今天早上。"

"你们都要离我而去啊!"

暂时一片静寂。

我知道正如他所说的那样,马上就只剩下他一个人了。正如那对年轻夫妇离开后只剩下冥焕一个人一样,现在我走了,在这黑暗的公寓里,认识冥焕的人一个都不剩了。把剩下的行李搬到三阳洞三角山向阳的山脚下,我再也不会来这里了。

"是吗……那最终我的房子呢?"

冥焕抬起目光锐利的眼睛,半是死心地凝视着我。看见我不回答,他就低下了头。

"你会后悔的。"

冥焕低下头,轻轻地把双手举起来,好像意识到在半空中没有什么东西可以抓住似的,无力地放下了手。

"这是一套舒适而美丽的房子。我妻子的愿望是能住在公寓里,哪怕只有十坪也好。来到这个家后,我有一段时间经常在想,妻子能来这里该有多高兴啊,会高兴得脸通红通红的,笑个不停……每次醒来时,我都会幻听妻子用热水洗碗的声音、在厨房来回忙碌的声音、开朗地哼唱的声音……当然不说我也知道,妻子死了……这是用妻子和孩子的赔偿金买的房子。"

冥焕似乎很难继续说下去，多次喘着粗气。他长长地吸了一口烟，我以为要吐出来，但他突然提高嗓门叫了起来。

"我想两手空空，但为什么……"

冥焕痉挛似的扭动着自己的肩膀。他的叫喊声拖着空洞的回声在空无一人的广场上响起。

"为什么不要呢？"

我眼前发黑了。原来我的猜测是对的，所以冥焕烧掉了家具。为了成为一无所有的人，好在死亡面前毫无犹豫的余地，他在那无灯房间的黑暗中有序地砸碎着用一生积累下的对生活的欲望和迷恋。

"您是不知道才问我吗？……你以为我为了那些钱，什么都能做吗？你以为我会帮助你成为一无所有的人吗？"

我想尽力反问，但那声音只在我的喉咙里打转，然后消失在黑暗中。

"那么……"

我无力地闭上了嘴，成串的疑问涌上舌尖。

"那么，你为什么站在这里死盯着你关灯的窗户呢？为什么用充满思念的眼神看着灯光呢？一个活生生的人怎么能一无所有呢？只要呼吸着这个世界上的空气，怎么能只剩下一个完整的空壳呢？"

但是我没有问冥焕一句话，一阵难挨的沉默。我想，过了这个晚上就不会再见到冥焕了。

我再也不会站在这个男人的身边了，不会窥视这个男人的不幸了。

"我知道你害怕的是什么。"

冥焕似乎觉得这世上唯一能做的事情只剩下吸烟一样拼命地吸着烟，突然直视着我的眼睛，低声说道。他那双失魂落魄的眼中闪过动物般的光彩。

"要告诉你害怕什么吗？"

挺直肩膀的冥焕拄着拐杖向花坛旁的路灯走去，忽然回头看了一眼，示意我跟过去。

在朦胧的灯光下，冥焕挽起了被污垢浸透的夹克衫袖子，左臂上露出被烟头灼烧的烙印。冥焕继续向上卷起袖子，我不由自主地发出了惊叫声，足有十多个同样的疤痕排成一列延续到肩膀。

"看好了。"

冥焕掸掉了右手指间的香烟的烟灰，毫不犹豫地把烟头摁在左臂疤痕的延长线上。冥焕用痉挛的左手堵住了要尖叫的我的嘴。表面温度约三百摄氏度的烟头在灼烧着冥焕的皮肤。他的脸无声地抖动着。直到那紧紧咬住的下嘴唇开始出现血丝，冥焕才将堵住我嘴的手和摁在自己肩膀上的烟头拿下来。

冥焕的脸向我的脸靠近，蛋白质燃烧后散发的一股刺鼻的味道扑面而来。我的腿发软了,我往后退了退。为了忍住不自觉的喊声,我捂住了脸。当感觉到公寓大楼一下子摇摇晃晃地倒向广场时,我跪在了水泥地上,然后用尽全身力气重新站了起来。

"现在满意了吗?你还没有伤害其他人的生命,真清白。你不恨任何人,也没有伤害任何人。"

冥焕背对着路灯,我看不到他是何种表情。我只看见黑暗,似乎只有黑暗才是冥焕的表情。我躲着一步一步逼近的冥焕,用脚后跟摸索着后退。

"在黑暗中,一点一点地浪费食物,用指甲挠着地板坚持了下来!这是人的生活吗?让我就这样活下去吗?难道这就是你的良心吗?你老实告诉我,你只是想逃跑,想从我这里,从我这种不受欢迎的家伙身边逃之夭夭,对吧?"

冥焕的嗓子哑了。嘶哑的叫喊声震撼了寂寥的广场。"想逃跑,想永远忘记!你,你是比我更胆小的人!"

冥焕的手朝我的脖子举过来。黑暗在蠕动着,灯光彻底破碎了。

我的双膝砸在广场的地面上,我用拳头堵住了耳朵,呐喊着。像要打破一直以来形成的所有恐惧一样号啕大哭。

"请把灯打开!"

我浑身发抖,牙齿打架。我抱住了冥焕唯一的腿。"开……

开灯吧，拜托把灯打开！"

我听到自己剧烈的心跳声，把自己的湿脸蹭在冥焕的裤脚上。他的衣服上附着油渍似的散发出一股皮肉烧焦的味道。

"开灯不就行了吗？把家当搬进去，把电视打开……不喜欢这个地方的话，可以去别的地方啊……讨厌这该死的首尔，离开不就行了吗？拥有那么多的钱，在哪里做什么都能生活，应该能活下去的……"

朦胧中，冥焕的身体似乎在摇晃。我紧抱着他，急促地呼吸着，我试着再用力抱紧他。能如此缥缈无力吗？我闭上了眼睛，一切都在遥远地飘荡着。

不知过了多长时间。

他在用没有拿拐杖的右手抚摸我的头发。一阵又热又混浊的叹息吹到我的头顶。我听到从冥焕的喉咙里发出的沙哑的声音中，没有了锐气。"谁都帮不了我。"冥焕的声音模模糊糊地变弱了，"你也一样，帮不了我。"

我摇摇晃晃地站了起来。近距离观察冥焕的脸，它正丑陋地扭曲着。冥焕向着嘴唇发抖的我提出了可能是在过去的三天里准备好的意外请求。

"我想在那里，在你的阳台上看看我的房间。"

我无法理解他话里的意思。冥焕朝我露出了以前似曾见过的皱着眉头的微笑，好像是哭一样的笑。

爬着看不到头的台阶，我们中途歇了数次。直到爬到小姨家门口为止，我们没有被别人发现，彼此一句话也没说。

我一打开玄关门，冥焕就脱去一只皮鞋，努力不发出拐杖接触地面的声音，带头走过客厅。

离天亮还有很长的一段时间。

我对他昏暗的背影感到一阵眩晕，看起来像是被满满的黑暗的唾液浸透到骨头似的阴郁的背影。冥焕把拐杖靠在阳台的窗栏上，用双臂抓住旁边的窗栏，看着对面建筑物里的自己的房间。

"灯没亮。"

我和他并排站着，一起用目光搜索着冥焕的房间。冥焕的声音沉静得让人害怕，我摸着胸口舒了一口气。冥焕的身体虽然近在咫尺，但他的灵魂好像不知道在哪里徘徊。不，似乎我的手也够不着他的身体。就像拿掉正在看的望远镜时突然远去的风景一样，似乎有人举起冥焕的身体扔到了很远的地方。

刚才抱住冥焕的裤脚时感受到的缥缈的无力感绝望地涌上心头，半空中的黑暗吞吐着乌青的舌头使我眼花缭乱。

"那里有个人死了。"

冥焕握住窗栏的拳头重复着握紧后伸直，然后再握紧的动作。

"实在受不了了，所以就杀了。"

"为什么?"

我试图喊叫,但嘴唇一动不动。不知何时,无力感踩着肩膀顺着脖子爬上来,用钝爪压住我的头顶。

"你怎么能死呢?"

听不到草虫的鸣叫声、人们的说话声、汽车的轰鸣声,也听不到口哨般的风声。天空很暗。城市点亮着点点的白光,昏昏欲睡着。是干净透明的灯光,冥焕注视着那些灯光。

就像一个孩子想用手抓住放在以自己的身高够不到的架子上的玻璃器皿一样,他的眼睛一瞬间闪了闪。

"真安静啊!"

这就是冥焕在那天晚上说的全部。他不顾拐杖发出的声响,打开推拉门走出了客厅。我正要送行,他故意扬起嘴角,笑着摆手。冥焕默默地打开了玄关门。他没有回头,被吸进静止的电梯门中,那里是静静地亮着红色数字指示灯的无尽黑暗。我光着脚,用手扶着玄关门呆呆地站着。沉重的拐杖在幽长寂寥的回廊里时断时续地发出声响。

听着越来越微弱的声音,我回到了阳台,仰卧在毯子上,把沉重的双腿硬挺起来,十指交叉放在胸前,慢慢回头看外面。我想,放着手的左胸跳得很慢。脉搏之间的沉默就像马上要停止一样漫长。我想现在一切都结束了,但感觉不到平静,所以故意低吟了一下。

一切都结束了。

那个男人会死的,仁淑姐姐也会死的,我将厚着脸皮在白天的大街上阔步前进。

不知从何时起,清晨的天空开始泛起蓝色,月亮已经看不到了。

像可怕的呻吟声一样的乌云在墨色的天空掀起了旋涡。它的上面浮现着既像仁淑姐姐的脸又像冥焕扭曲的脸的影子,这些影子在舞动。我听到了从那片天空中传来的哭声,这是夹杂着金属声的尖叫声。一只黑猫扭动着它的脖子叫唤着,在软绵绵的云朵上揉搓着肚皮,用淡蓝色的眼睛盯着黑暗,正在死去。我咬紧了牙关,眼泪顺着下巴滚落下来。就像第一次知道眼泪很烫的人一样,我打了个寒噤。

6

像酒瓶碎片一样闪烁的阳光洒满公寓广场。在栽满一排排矮小的庭院花的花坛前,老管理员皱起本来就布满皱纹的脸,用青绿色的橡皮软管向广场中央喷水。透明的阳光被粗大的水流冲散了。

我站在那个广场的边缘,两手拿着大捆的书和一捆被褥,肩上背着装着洗漱用品和内衣的布包。我的腿被行李压得快要瘫坐下来了。视线失去了焦点，在模糊不清的视野中，处处闪耀的自来水水珠浇湿了广场。离管理员几步远的地方站着几个打开华丽阳伞的中年女性，她们嘀咕的声音传到了耳边。

"听说头没有留下一点痕迹。"

"血痕一直溅到花坛……"

"那样的话，房子归谁所有呢？听说他连一个亲戚也没有。"

"他恐怕一生下来就是孤儿吧？"

"胡扯，天底下哪有刚生下来就成孤儿的……没有父母怎能出生呢？"

穿过公寓正门一出来，看到人行道边合抱的法国梧桐正在伸展着茂密的枝条。我沿着树荫下的人行道向前走去。热乎乎的地热直扑我的脸，潮乎乎的裤腿堆在满是汗水的膝窝上。

来到八车道的人行横道前时，信号灯已是红色。我把沉甸甸的包裹放在两脚边，擦拭一下因流进汗水而有点辣的眼睛，湿漉漉的手掌在衣角上擦了擦。眼睛盯着对面顽强地射出红色光的信号灯，而后抬头看向挂在天空正中的炽热的太阳。

我皱起了眉头，这回应该去哪儿呢？我像吐口水般嘟囔着背起背包，双手拎起了脚下的包裹。

绿灯亮了，开始传来四拍尖尖的信号音。我在灼热的柏油路上阔步向前，眼前晃动的黑暗坍塌了，在那黑暗上面成千上万的火光一齐点亮。它们就像点燃干透的锯末后生成的火星子,围绕着黑暗飞舞着,随即挥着手消逝在墨色虚空中。不知从哪里传来声嘶力竭的呼喊声、合唱声、像燃放爆竹一样的口哨声,它们混在一起悠远地回荡着。

夜行列车

1

当所有窗户里的灯都熄灭时,夜行列车就会出发。黑暗像披散着头发的魂灵,浸湿着黑色的山,混入黑色的河水,沉入苍茫的地表。伴着忍了很久的咆哮声,夜行列车向远方驶去。在漆黑的夜里,无数像眼睛一样的车窗在闪烁。冰凉的轨道上,火花迸溅。夜行列车用铁的头撕开黑暗,以可怕的速度驶向黎明。

夜行列车的故事,我是从东杰那里听到的。

东杰身材魁梧,个子比普通人高出一头,胸膛很是宽厚。他一说话,声音像从一个硕大的共鸣箱里发出来似的特别粗犷。他一旦大笑起来,连周围的陌生人都会惊讶地回头看。

不知是不是体格原因,东杰的酒量相当好。当时我们都是二十出头,我们七人组成的喝酒帮每次聚在一起都会酗酒,但同样喝掉杯中酒的东杰却丝毫不会醉倒。

午夜时分,被赶出酒吧的我们会无端地踢轿车后视镜,或蹲在电线杆下呕吐并不丰盛的下酒菜。我们会去敲打烊的小卖铺门,向睡眼惺忪的老板娘买烧酒和碎饼干,然后从校门旁铁丝网上的狗洞排队爬进去。这是一条捷径,通向一个朋友的单身公寓,那里随时可以留宿我们。虽然挤得连下脚的地方都没有,我们还是愉快地占领了这狭小的房间。

每当那时候,东杰会连招呼都不打就悄悄消失。如果时间太晚,公交车停运了,就算打再贵的夜班出租车,他也会回家。

但也不是没见过东杰醉酒的样子,东杰有时也会敌不过我们的轮番劝酒。每当这时候,东杰就会变成另一个人。平时满嘴粗话的他,这时嘴角却会露出和蔼可亲的微笑,语气也像在哄哭闹的孩子一样,变得小心翼翼。他像是向我们透露稀奇的阴谋似的,窃窃私语道:"晚上十一点,有从清凉里站出发的火车。"

"从堤川开始沿着太白线越过山脉,最后火车头冲破黑暗到了黎明时分,从东海站开始就能看着大海行驶……"

东杰对岭东—太白线上的"统一号"列车停留的站名都了如指掌。每当说起经过太白线上最高的杻田站时,车窗外晃动的黑暗及连接墨湖站和玉溪站的广漠海岸线时,他的眼睛就会散发出异常的光彩。

第一次听到他高谈阔论时,我们几个表现出了年轻人的热情。我们欢喜地对他说:"那我们也去看看吧,东杰,你来带路。"但东杰如实说出自己也从来没有乘坐过夜行列车,这些都只是听别人说的之后,我们爆发出了不羁的笑声。

我们莫名地兴奋起来,约定第二天晚上十点半在清凉里站见面。但过了约定时间,直到最后也没有出现的人,却是首先提及夜行列车的东杰。在焦急的等待中,错过发车时间的我们拿着退票的钱走进了车站附近的廉价酒吧。"我们应该丢下他走的,不该等他。""没想到东杰会这样,他怎么能这样?说都不说一声。""下次见到他,不会放过他。"我们坐在一起,边喝酒边热烈地声讨着东杰。

等到下一次聚会,东杰一本正经地说:"那天我有事,不知道该怎么道歉。"然后就闭口不谈了。原本对他虎视眈眈的我们也就泄了气。一个家伙厚着脸皮说:"道什么歉啊,托你的福,我们玩得很开心!"其他人听了只能赞同地碰了杯子。那晚东杰比平时喝得更多,我们也跟着喝得烂醉。

从那以后,东杰只要一喝醉,就会提起夜行列车,但我们已经不感兴趣了,并当面说他:"又提这个啊?""谁来劝劝这家伙吧!"我们对东杰真挚的声音充耳不闻,两三个人一伙,只顾喝酒或聊别的话题。

唠叨过后,东杰依次打量了我们的脸。东杰揉着因酒劲儿变红的眼角,表情没缘由地变得惨淡,支着下巴坐在那里,哼着无人听的歌，然后他以去卫生间或打电话为由离开，通常都不会再回来。我们也都觉得他本来就是这样，所以也没有人会硬拦着他。

如果不是因为这奇怪的酒品，东杰肯定是我们聚会上不可或缺的朋友。他的大眼睛忽闪忽闪的，总是像要看透对方似的，所以第一次见到他的人都会有些不知所措。我和他尽管是相当要好的朋友，但每次见到他，我都有些紧张。与其说有敌意，不如说像天生拥有利爪，轻易能给人留下伤口的猛兽一般，东杰的眼睛里散发出既让人恐惧又让人着迷的野性力量。

东杰有着与那眼神相匹配的热情。他会固定在某些日子喝酒，因此有时尽管会让朋友们扫兴，他也一滴酒都不沾。而一旦开始喝酒，就算没有喝醉，他也会拍打桌子大声唱歌，让整个酒馆都热闹起来。东杰懂得如何震慑在场的所有人。他会尽情释放自己，甚至显得有些破坏性。

东杰有学究式的一面。他每天早上都会去图书馆。这家伙通过努力每次都独占奖学金，还做着两份课外兼职，一到放假，好像还会干些粗活。

东杰说，他父亲很早就离世了，他跟母亲和妹妹生活在一起，妹妹在一所专科学校就读。有一次他说自己绝对不会掏耳朵，因为父亲死于耳癌。我偶尔会拉扯他的耳朵，呼地吹口气。他吓一跳，我就会开玩笑说："至少要这样清扫一下啊，小子。"

在我看来，东杰的生活就是有三个分身都不够用。他没有给别人留下担心或关心他的机会，就把所有事情都自己解决了。这家伙几近完美，我打心眼里佩服和羡慕他。

那时我对一切都很失望，为了挺过这种失望，我曾冷嘲热讽所有东西。我知道自己有激情，但没有地方可以施展它。我的激情越升温，就越觉得有负担。我所能表现出来的只有喝酒和不时说出令朋友们惊讶的讥讽笑话。朋友们说我显老。

东杰和我不一样，他分秒必争。我看着他，就会想起马戏团里口中喷火的男人。满脸黑色污渍、光着上身、汗流浃背的东杰，从嘴里吹出的热气和火焰冲向空中，这种想象让我毛骨悚然。

想象中的男人表情非常严肃。灼热的火花像是从男人的内脏深处抽出来的。喷火结束后，男人弯下腰伸出手打着招呼。男人嘴角浮现出稍带自豪的微笑。屏着呼吸的姑娘和孩子们把硬币递到了他的手里。大家都想摸一摸男人的脸。我远远地站着看那个男人，心里冷嘲热讽那个吐火的怪物竟然还微笑。不知绝望的怪物，那个不理解"什么都喷不出来的人"的眼泪的怪物，我因为嫉妒而嘲笑他……

每次见到他，我内心都会因为这种荒唐的想象而感到羞愧。

一天下午，夏末的太阳热辣辣地晒着，东杰和我一起走出校门时，他神经质地按了按自己的太阳穴。

"只是耳鸣，没什么大不了。"

我问他怎么了，他含糊其词地大笑起来。但紧接着，他明显地颤抖着手，捂住了自己的耳朵。他的脸色前所未有地苍白。

"火车车轮声……"

东杰斜着头望着天空，喃喃自语。

当时他的眼神冷漠到让我害怕，这个人是谁？是我认识的东杰还是藏在哪里突然冒出来的其他男人？直到校门口人行横道的信号灯变颜色，我都没能对他说一句话。东杰完全不在意身旁的我，只是用还带有轻微痉挛的手指，不停抚摸着耳朵。那双冰冷的眼睛，我不知道它看向哪里。

不知为什么，发生那件事之后，醉酒后东杰讲的夜行列车故事，总给我一种神秘的感觉。我茫然地觉得，如果剥去他无所不能的那层外皮，还会出现一层又厚又硬的甲。"我要坐夜行列车离开"，东杰醉醺醺的脸上笼罩着好像"活着很烦"那种阴影，这不像平时的他。晚上十一点坐上火车不就好了吗？我不理解他为什么如此执着，都幻听到了列车声音，为什么不能离开呢？

那时，我即将入伍。在朋友们准备的欢送会气氛渐近火热时，我从东杰红红的眼睛里想起了夜行列车。我提议当晚实施很久以前因东杰缺席而未成行的旅行。

"我想和你们一起坐坐看看，现在去的话时间也正好。"这时坚决反对的人是东杰。"不要！"东杰斩钉截铁地说，"你们去吧。"朋友们异口同声地说："今天是为英贤准备的场合，为什么说不行？""英贤他是想和你一起去啊，你这家伙。"

最后，东杰被拉到了清凉里站，但向通过检票口的我们挥了几次手后，他的背影固执地消失在车站外。

夜行列车很冷清。随着列车的震动，烧酒瓶发出嘈杂的声音，在列车车厢的地面上滚来滚去。我们喝酒唱歌。进入江原道时，有几个已睡着，有几个到车厢外吸烟。到达终点站江陵时，我们都已精疲力竭，但一到镜浦海边，大家又都像复活的野兽一样，蹦蹦跳跳地玩海水。

我比任何人都愉快地带动气氛。为了抑制内心深处悄悄膨胀的忧郁，我笑着大声叫朋友们的名字。我知道现在我的自由只剩下一天了。悲伤如风一般涌上心头，我感到一阵恶心。在回来的高速大巴上，我把脸埋进塑料袋里呕吐着。在意识里的某一角落，隐约闪现出在灯光朦胧的清凉里站固执地转身而去的东杰的脸。

我很孤独，不知为何很怀念他那张脸。我觉得东杰的行为总是很粗鲁，但奇怪的是，那是一种让人放心的温暖。

"英贤，你表现得像在游戏人生，但其实你是最能适应这个世界的家伙。所以，我很羡慕你。你会做得很好。"前一天晚上的欢送会上，东杰一边往我的杯里倒酒一边说。他那像大哥一样的语气和知道关于我的一切似的表情，曾让我的心情很不好。

但是我很想念他，耳边响起了他爽朗的大笑声。我以为他一直很忙，对别人的事漠不关心，但半年前听到我母亲的死讯后，最先跑来的是他，从不在外过夜的他在殡仪馆陪我过了夜。母亲下葬时，他那高颧骨脸颊上流下了豆大的眼泪，让我这个当事人的眼泪夺眶而出，其他朋友也纷纷陷入深深的悲伤之中。

回首尔的公交车正好经过积雪的大关岭[1]。因为海拔高，耳朵嗡嗡响。因为呕吐，身体多少有些脱水，我靠在靠背上想着东杰的黎明。乘坐夜行列车越过太白山脉，在东海海边散步，这一切就像一场梦。漆黑的首尔黎明，东杰在滚动着垃圾和塑料袋的冰冷街道上游走，他的样子似乎是我的分身。

入伍后，我唯一会想念的人是东杰。想起他时，我会联想到喷火的男人和火车上呛人的烟味。夜晚站台的黑暗渐渐被车

---

1 大关岭：位于江陵市与平昌郡之间，高度832米，长约13千米，为连接岭东与岭西地区的交通枢纽。——译者注

启动时的烟雾染白。倚靠在车窗上望着那黑暗的东杰，他的脸庞经常和破碎而陌生的脸混淆起来。因为惊吓，从想象中清醒过来时，发现那是自己的脸。我看到的是入伍前暂时离开吵闹的酒席，呆呆地站在夜晚酒吧厕所的镜子前，回味着不知缘由的忧郁，留着长发的少年的脸。

2

再次坐上夜行列车，是我错过复学日期的时候。我因秋季学期开始三周后才退伍，错过了复学日期。新学期到来之前，我都在无所事事地到处乱跑。

朋友们大都在军营。听说只有东杰结束了短暂的防卫兵生活，大学毕业后参加了工作。不知为什么，我不想让东杰看到让我感到不光彩的剃掉头发的样子。因此，我一直推迟联系东杰，直到秋天结束。

那时我像着魔似的想坐夜行列车。尽管我坐过，但它仍像磁石一样吸引着我。正值自由身的我之所以没有欣然去坐列车，只是因为不能去清凉里站。乘坐十多站地铁就能到达的地方，却让我感觉非常遥远和荒凉。像是去流放地一样，脚步极不情愿。

入伍前母亲去世了，家里的氛围逐渐黯淡。前一年父亲从公务员职位退了下来。一向精力充沛的父亲头发明显变白了，脸上有了一块块老年斑。在地方大学上学的二哥在服丧期满后，连一通电话都不愿意打过来。如果不是节日，他也不会来首尔。

大哥结婚了，嫂子来到了家里，所以还算维持着家的样子。嫂子只比我大一岁，对我很亲切。但不知为何，我从她身上感觉到了冰冷的气息。有时，在嫂子做的饭里嚼到沙粒，我会因为不好意思吐而咽下去；不想把衣服放到外面让她洗，我会穿上带有污垢和被汗水湿透的衣服。

我无法忍受在家里的时间，吃完早饭就会飞也似的跑出门。在街上走累了，就去书店翻看根本不会买的书；坐在茶馆装出一副等朋友的样子，欣赏着女人们。等夜幕降临时我才回家，那些上下翻飞的落叶随着我的脚步沙沙作响。

秋天过去了，记得首尔市区下的不是初雪，而是雨夹雪的那天，我看到我的头发像以前一样蓬松了。快到下班时间，我到东杰的办公室门口，给他打了电话。

东杰推开高高的旋转门，露出了他那修长的身躯。

"不愧是你啊，这么悄无声息地回来像话吗？"

东杰跟我握手，他的手又温暖又黏黏的。我看着他那依旧炯炯有神的眼睛。我忽然感到孤独，赶紧把手抽了出来。

我们不知该做什么好，于是找个地方喝了酒。东杰那洪亮声音的粗糙表面被打磨得很细腻。他去掉了对话中随意说出的脏话，不知怎么竟是老一代人的口吻。当我无法忍受我那松松垮垮的、无力的青春时，东杰正过着如此紧凑的生活，想到这里，我感到更加孤独。

我们漫无边际地谈论着军队里不怎么愉快的故事，还有他工作上的事情，以及其他过去的故事，我们时不时要小心翼翼地抚摸像瓶子碎片一样的沉默。看了好几次手表的东杰，还没到十点就说："我们回家吧。"

"还记得夜班列车吗？"我立刻问道。东杰往后仰着微胖的上身穿西服，一边把胳膊伸进袖子里，一边用眼神催促我继续说。他的眼睛好像瞬间亮了。

"像念咒语一样记着清凉里站的三个咨询电话，不停拨打后，好不容易拨通就会闭上眼睛这样问：'有去江陵的夜行列车票吗？'"

东杰停下系紧领带的动作，突然大笑起来。坐在邻桌像是公司职员的男人们停下聊天，斜眼看着东杰咻咻地笑。

"客服说没有，可能是最近火了，很多人都坐那班列车出去玩。但是很奇怪，听到没票，我异乎寻常地放下心，然后才能回家……突然觉得能理解你了。"

"我全忘了。"

收起笑脸的东杰没有附和我的话，而是简短地低声嘟囔着。他的眼神黯然失色。

沉默了一会儿。为了换个话题，他故意放松地询问我的复学计划。从他那应酬式的声音中，我感到一种明知道是变质的食物，但仍然吞下时的烂乎乎且忧郁的感觉。

"再来一杯，就一杯。"

走出酒吧，我指了指路边的小吃摊。

我还不想回家。我觉得我无法在清醒的状态下忍受深夜的市内公交和醉酒的乘客。家里等着我的沉默，嫂子在厨房一角准备好的饭桌，翻开桌布就是静静放着的勺子和筷子，喝完水后走进一如既往张着嘴的黑暗房间，我讨厌这些。

直到接近午夜，我都没有放走东杰，因为委屈和愤懑。愤懑于我在军营里浪费的青春，还有漫长的人生路，于是我喝多了。东杰没有因为自己第二天要上班而摆谱，为了感谢他能这样，我在放纵中喝醉了。

在断断续续的意识里，我接连说我"委屈"。往自己的杯子里倒着酒，说自己委屈；用力放下酒杯，说自己委屈。

"什么？委屈什么？"

我对呆呆看着我的东杰无缘无故地发了火："难道你就没有委屈的事吗？"

东杰喝了不少，几次想抢走我的杯子，最后似乎也放弃了。可能觉得这时候还不如一起醉，所以他喝得比我更快。

喝着喝着,东杰越来越沉默寡言。身材高大的人保持沉默,他的身体像一堵墙。我徒劳地提高嗓门,试图在那堵墙上开个裂缝。"委屈啊,我委屈啊。"但是墙没有动。

走出小吃摊,雨夹雪变成了雪花。我们踉跄地并排站着,望着路灯下飞舞的雪花。大大的雪花朦胧地和着光,落在人行道,还有我的眉毛和脸颊上。

这时东杰突然捂住双耳,瘫坐在地上。就像高耸而笨重的建筑倒塌一样,他的身体垮塌了。双膝下跪的东杰,将上身贴到积雪的人行道上。

"火车车轮声……"

东杰用额头砸着地面,咬紧牙喘着粗气。我吓得想把他扶起来,但没能稳住,和他一起瘫坐在地上。

"火车车轮,能听到火车车轮声……"

我感觉自己酒醒了,人行道地砖、路灯、雪花在恍惚着。

这又是什么,这又是藏在哪里的家伙?我像被泼了冷水一样变得清醒起来。东杰的眼睛里流下大滴的眼泪,只在下葬母亲时见过的泪珠接连落下。

"我们离开吧。"

东杰用拳头擦着眼泪站了起来,用有力的手扶起了在原地站不起来一直乱挥胳膊的我。

"你,太晚了,列车已经发车了。"我结结巴巴地说着。

东杰用他特有的果断而响亮的嗓音喊道:"时间什么的无所谓!"

"你不是驾驶兵吗?再怎么醉也开得了车。"东杰用拳头砸了停在路边静静地落满了雪花的货车车窗,坚硬的玻璃窗没有被打碎。我搂住连续挥拳的东杰,大喊道:"清醒点啊,你这家伙,连钥匙都没有,能发动引擎吗?"

东杰发出野兽般的哭声,甩开了我的胳膊,疯子似的跑到停满车的胡同里。我叫着东杰,我的身体不听使唤,无论如何都要阻止他。我磕磕绊绊地跑过去,抓住了他的胳膊。东杰喘着粗气。每当气喘吁吁地深呼吸时,不安的瞳孔就会晕乎乎地探索黑暗。我再次调整好重心,对着冲向汽车的他喊道:

"这里,看这里!"

我指了指一辆自行车,一辆停在拉下卷帘门的洗衣店前的自行车。

东杰狂笑起来。

"骑这个要去哪儿啊?"东杰胡乱地又捏又晃我的脸,冷嘲热讽地说道。

他的手在我冻僵的脸庞上像火球一样热。一阵笑声过后,他脸上的悲壮感消失了。

他笑着走向路灯,走到路灯下,他张开了双臂。被灯光照耀全身的他好像在喊"万岁"。雪花聚到他的身上。数秒钟的沉默过后，他老实地放下了手臂。

这是一辆破旧不堪的自行车。我骑上了它。因醉意，没骑几米我就栽倒了。在一旁看着的东杰从后面跟上来，扶起了倒下的自行车。

"你骑。"我拍着衣角上的雪和泥土说。

东杰默默地摇了摇头，在黑暗中微微地笑着。

数分钟前还在他脸上的疯狂已消失不见，只剩下极度疲劳和努力挤出的笑容。正如他突如其来的泪水让我吃惊一样，他突如其来的放弃也让我不知所措。

"骑。"我再次用力地说。

东杰不得已接过自行车。我本以为穿着西服且身材魁梧的东杰骑自行车的样子会很可笑，没想到恰恰相反，车子敏捷地滑向路灯照不到的黑暗中。

我追着他，却赶不上，拐过街角的东杰已然不见踪影。突然，在这夜晚的街道，我觉得自己一个人在孤独地奔跑。

这是梦吗？

我觉得这条路永远都不会结束。我想，东杰骑着那辆旧自行车滑到了我永远无法到达的地方。

我艰难地迈着蹒跚的脚步，不知走了多久，我发现了东杰。东杰倒在了关着门的破败的店铺前。自行车轮慢慢停止转动，他的外套上堆起了雪花。

一瞬间我以为他死了。看着倒在雪中的东杰，我把他的头抬起来。他的额头上破了个口子，我害怕地摸了一下，东杰呻吟起来。

"喝太多了……"

东杰睁开了眼睛。近看，他的脸被雪光反射，像个孩子气的少年。他抬起无力的手，拍了拍我的脸，笑了。

"没有受伤，只是喝醉了。"

我扶起了东杰。光是他的身体就已经很重了，所以我不得不把自行车扔在那里。为了方便打车我们要往大路上走，中途我们瘫坐在地上好几次。

"出租车，出租车！"

我们像竞拍者那样高举着手大喊着。好不容易打到拼车时，我冻得牙齿在打架。东杰闭着眼睛向司机说着回家的路。

他家在厚岩洞，下了出租车，还要往上走一大段弯曲又狭窄的小巷。在小巷里，东杰说了好几次让我回去。

"行了，我可以了，有打车钱吗？"

"我不想回家，没有人等我。"我向东杰大喊道，"不要管我在哪里睡。"

走到巷子尽头，就是东杰家。僵硬地推开轻闭的外门，有单独一个入口的半地下出租屋，东杰从兜里拿出钥匙，打开门。跨过门槛，是兼具洗漱间和厨房功能的不到五坪的空间。

我不小心踢翻了搓衣板和靠在墙边的锅,看着慌忙地将东西归位的我,东杰低声地笑了。

黑暗中隐约蜷缩着的几床被子,发出有规律的呼吸声。

东杰脱下皮鞋进了房间,钻进了自己的被窝里。

"进来啊。"

他脱下外衣,随意丢到了被子旁。

"关上门,到这边啊。"

屋里漆黑一片。脱下鞋,关上门,我手脚并用,慢吞吞地到了东杰身边,像幼虫一样蜷伏着。他拉过被子,盖在我身上。背的一半碰到地板,凉凉的。

很奇怪。

在自己家里总是睡不着,但现在我的身体却非常渴望睡觉。总是令我烦闷不已的黑暗,现在却混进寂静的空气中,抚摸着我疲惫又醉去的身体。

可能因为睡不着,东杰翻着身子。他的眼泪、呐喊声、自行车、灯光、散落的雪花在黑暗中飘浮,我看着看着便睡着了。

因为口渴要起床喝水,睁开眼睛时发现屋里开着灯。不知是谁帮我脱了衣服,我只穿着内衣,盖着软绵绵的开司米纶被躺着。因为是高枕头,我可能一直张着嘴睡。东杰靠在我对面的墙上抽着烟,无力地笑着问我:

"还好吧？"

我从他散乱的头发下看到了昨晚的伤口。

"现在是……"

我揉了揉眼睛，把不舒服的枕头从脖子下推开了，后脑勺感觉到了硬而温暖的地板。

"六点半。"东杰熄灭了香烟。

"我妈做饭了，一起吃吧。我马上就要上班了。"

我拦住了东杰。

"不用了，和她说饭就不吃了，给我拿一杯水吧。"

东杰咯咯笑着。

"到了家里你就是客人，客人要听女主人的才行。"

房门外的厨房里传来了东杰母亲切菜的声音、碗碰撞的声音、清洁球摩擦的声音、下水道里水流的声音，交织在一起。刚要抬头，一阵晕晕的醉意却涌上来。

房门突然打开，一位头发上滴着水、穿着睡衣的姑娘走了进来。

我吓一跳，想要起身，东杰低声笑了。

"她是我妹妹善珠，大学毕业后，在设计公司上班。善珠啊，打个招呼。"

高高瘦瘦的姑娘用毛巾卷起长发，轻轻点着头向我打招呼。

"我要换衣服,可以出去一会儿吗?或者就待在被窝里?"

善珠的声音像女主播一样清澈、明亮,脸都没洗的我害羞了起来——因为只穿着内衣,不能起身到外面。

我把头埋进了被子里,在厚厚的被子里费力地呼吸着。我突然想:原来这就是我一直好奇的东杰的清晨啊!原来妹妹准备上班换衣服,他才避开视线抽烟。

换好衣服,善珠转过身去化妆。这时,我穿上外套,来到厨房洗脸。东杰妈妈热情地把洗脸盆放到了我面前。她满脸皱纹,像长了麻子。

"您受惊了吧?给您添了麻烦,不知如何是好。"我因为羞愧和抱歉而红着脸。

"东杰第一次带朋友来家里。"

东杰的母亲没有理会我的道歉,把用石油炉加热的水倒进盆里。打上肥皂,我先洗了脸,再把水倒掉。她重新向盆里倒了热水,加了些冷水,用手试了试温度。

"妈妈!"

还没醒酒的我流着不知缘由的泪水。为了不让人发现,我一遍又一遍地冲洗着脸。

我边用毛巾擦脸边进了房间,发现我的铺位被整理得很整洁。估摸不到六坪的房间,叠了被子后显得更宽敞了。那一小会儿工夫,东杰梳好了头发,正穿着衬衫的他见我进来,马上走出了打开的房门。

那时,我在床铺上发现了被东杰挡住而没看到的被窝。善珠停下画眉毛的手,朗声对我说:"是二哥。听说了吧?"

"东杰有弟弟吗?"

我一惊讶,善珠反而慌了神。善珠从小小的粉扑上移开视线,看着我的脸。她只化了一只眼妆的脸,给了我奇妙的印象。

"我哥没说过吗?"

我低头看了善珠那只化妆后奇怪的大眼睛。善珠先是沉思的样子,然后起身大步走向了被子。她的短毛织裙下露着内衬。

"要看东柱哥的脸吗?"

善珠的眼睛在发光。没等我回答,她就掀开了被子。

我手里的毛巾差点掉了。

那里有张东杰的脸。突出的颧骨,长长的嘴,一切都和东杰一模一样,我没有看错,他嘴角有明显的口水印。

看着我惊讶的脸,善珠露出明朗的笑容。把被子盖上,善珠回到原来的位置,继续化妆。我像丢了魂一样站在那里,一句话都说不出来。

善珠很快化完妆,脸白得像个瓷娃娃。盖上粉扑后,她转向我刚要说什么,这时从房门外传来东杰洪亮的声音。

"准备吃饭了。"

善珠迈着小碎步走过去,打开了房门。东杰熟练地端起饭桌,跨过门槛。

小小的饭桌,因为有我,东杰的母亲没了位置,所以她好像要晚点吃。我推辞说因为宿醉没有胃口,但在一家三口的劝说下,还是拿起了勺子。

"没准备什么,我们每天都吃这些……"东杰的母亲不知所措地说。因为她的话,我感到抱歉,顾不上胃难受,一个劲儿地动着勺子。

咽着粗糙的饭粒,我脑海里始终想着躺在被窝里的那张脸。

"再来啊,带着别的朋友再来玩。"

我向东杰母亲鞠躬道别时,她用粗糙的手握住我的手再三叮嘱。

我和兄妹俩一起走出了大门,昨晚因为酒劲,没有意识到道路很陡还有积雪,很容易就会滑倒。善珠踩着高跟鞋轻松地走着下坡路。跨过冰面,想要踩上有煤灰的地方,为了稳住重心,善珠高举着双臂。她的紫色外套肘部磨得很光滑。

东杰和我看着善珠的背影,并肩走着。

"你从早上开始怎么了?"

因为在被窝里看到的脸庞,我一直无法隐藏内心的混乱,一和东杰对上眼,就会慌张,只能避开他的视线。还没等我想

好怎么搪塞东杰,走在前面的善珠像唱歌似的喊道:

"我给他看了东柱哥的脸!"

东杰微笑的脸色变了。

"哥,你都不跟别人说你有双胞胎弟弟吗?跟要好的朋友也不说?这个哥哥不是你的好朋友吗?"

"在客人面前,你怎么说话呢?"

东杰低声责备善珠,但那责备声不知为何蔫蔫的。

"为什么隐瞒东柱哥的事?"

善珠停下脚步转身问道,精心修理过的眉毛蹙在一起。

东杰回了句"算了",然后超过我和善珠走在了前面。善珠直愣愣地站在那里看着,东杰快步走出巷子,留下长长的背影。善珠长长的头发间露出白皙的颈部,我看着很凉。

东杰站在路边等着善珠和我。我的目光无处安放,觉得这冰冷的氛围是因我而起的。

善珠的单位好像和我家是一个方向。

"坐那辆公交车就行,应该是我先下车。"善珠拉住了我的胳膊,一瞬间她露出阳光般的笑容。东杰好像要对我说些什么,但马上又咬着嘴唇,呆呆地望着马路对面的竖式招牌。

"下次再联系。"

我伸出了手,东杰握住了我的手。

"走好。"

善珠和我坐到公交车座位上后，东杰向我们挥了挥手。

公交车出发了。车窗外的东杰背向公交车走着，笔直的背影透着忧郁。善珠告诉我，东杰每天要走三站地去地铁站。

"真是踏实的人，对吧？"

坐在窗边的善珠望着远去的东杰，喃喃道。

其实，善珠的脸并不漂亮，有着像男人一样的高颧骨，可是她那好好收拾过的眉毛和又小又薄的嘴唇看着很是精致。可能是因为她爽朗又带有挑衅的语气，感觉善珠洗完脸也总是会散发出肥皂味。我因为喜欢这个姑娘，所以脸不自觉地变红了。她那假小子似的行为中，带着些许成熟感。

"但东杰哥随时会抛弃我们离去。"

善珠用手掌胡乱擦去车窗上的哈气，白白的手沾了黑色的污水，她若无其事地用前座的垫布擦着手。

"东柱哥是十四岁的时候变成那样的。爸爸去世后没多久，两个哥哥开始打工，每天清晨都去送牛奶。有一天东杰哥生病了，东柱哥干着两个人的活，不小心滚下了坡道。后来还好，摘掉了氧气面罩，但这都十多年了，东柱哥也没有恢复意识。康复医院也说他恢复不了，让我们带他回家。"

白色的前坐垫布沾了黑黑的污渍。善珠看一下手上的余渍，又往垫布上擦手，又看一下手，反复做着这个动作。

"但我妈和东杰哥都没有放弃希望，不管怎么说，东柱哥还活着。唯一说要放弃的人是我。"善珠停下手上的动作,透过刚擦过的窗户忧郁地看着外面,"其实我也没放弃希望。"

善珠说东柱的情况越来越不好了。她说受苦的人是妈妈,从早到晚都要照顾小儿子。"东柱哥那样以后,东杰哥就变了一个人。他会很着急,偶尔会大发雷霆,很可怕,想活得比谁都完整。我看他就像……"

善珠咬着嘴唇停下了。

"像要把卧病不起的东柱哥的那一份人生也一起活出来。东杰哥喝醉后回家,就会抓住东柱哥的肩膀喊:'快点起来,连你的那一份一起活着,我快要疯了……'"

很奇怪的姑娘,刚刚还含着笑的眼里滚下了一滴眼泪。善珠用刚刚擦过窗户的手不经意地抹着脸,费了力气化好的眼妆下出现了小小的污渍。

"和朋友在一起的时候,他表现得怎么样?虽然东杰哥现在和我们一起生活着,但有时候感觉他像是收拾好行李的人。没关系,如果东杰哥离开,我会养活东柱哥和妈妈的。"

善珠用哭腔笑着说。

"我偶尔觉得东杰哥真的离开我们,会更好。有一个生病的人就够了,我担心这样下去,东杰哥也会生病……"善珠不能自已,仰头眨着眼睛,嘴角仍带着微笑,眼泪最终没有流下来。

我犹豫了一下,伸手抱住了她的肩膀。善珠的身子比想象中还要单薄,后背只剩下骨头。

善珠比我先下了车。她很有活力地走着,当公交车要经过她身边时,她向我使劲挥了挥手。我坐到了车窗旁她坐过的位子上,感受着她的余温。

和善珠短暂的相遇给我留下了深刻的印象。我感觉她像很粗糙的布匹,互补色线条在她身上交织成大胆的搭配感。我想着她洁净的后颈传来的不为人知的触感,咬了咬嘴唇。

昨晚我们做过的疯狂举动,我一件件想起来了,感悟到一个事实后,我非常震惊。

东杰他是想要背叛。他每次喝醉后就扯的夜行列车故事充满了令人毛骨悚然的感觉。当非常尖锐的尖牙用力咬着嘴唇嘟囔着"是耳鸣"时,堵住双耳坐在地上哭喊时,东杰都是在背叛床铺上蠕动着的自己的分身。他想逃离牡蛎壳般的单间房、手背开裂的妈妈,还有妹妹衣袖上磨得发亮的肘印。

很早之前,东杰就背叛着他人生的一切。

我开始觉得他很可怕。他比任何人都理直气壮,比任何人都坚强。他没有对任何人倾诉过自己的痛苦。无论何时何地,他都明事理,向所有人施以热情的善意。

因为有将要离开的想法,东杰才能挺到现在。因为他不属于这个世界,所以才能如此坚强。因为有只需逃离一次就能完成自己人生的夜行列车，所以他不需要羡慕任何已完成的人生，也可以无视生活中处处遇到的不如意。

我想起了东杰昨晚在黑暗中不知缘由的微笑，我的头像挨了一记闷棍似的蒙蒙的。那微笑是什么？是在放弃赌上了他一切的像细线一样的逃离希望吗？死了心后才笑的吗？

那一天我再次坐上了夜行列车。

和善珠分开后，我回到家，在大门口按了门铃，嫂子跑了出来。

"夜不归宿怎么不说一下啊？公公好像整晚都没睡。"

我没有辩解，厚着脸皮笑了笑，拜托嫂子给点钱。

"什么钱？"

"明天跟您解释。"

我再次向她要钱，嫂子转身进屋去取。我像浪荡青年一样，靠在大门上抽着烟。

"今天晚上一定要往家里打电话啊，我是说要和公公通话。"嫂子说。

我敷衍着，逃也似的出了巷子。

早上的车站很冷清，我买到了火车票。晚上十一点之前，我无事可做。我不顾皮鞋里被雪浸湿冻僵的脚趾，在街上四处游荡，试图找到昨晚东杰和我扔掉自行车的地方，但那只是徒劳。我看到一个公共电话亭，便进去给家里打了电话。

"喂。"

嫂子接了电话,嗓门很高,我放下了听筒。

按下东杰办公室的电话号码,在拨通之前,我放下了听筒。

"东杰啊。"我取出退出来的硬币,喃喃自语道。

我坐上了列车。

三年来第一次坐的夜行列车很是热闹,座位都已经坐满,还能看到几个买了站票的人。我的座位靠近出口。我的前面和旁边分别有四个人一组的年轻大学生,他们在大声闹着。听着他们的吉他声和歌声,我回想起三年前酒后坐上这趟列车的事。

那时候我们把东杰一个人留在首尔,离开了,微醺状态下唱着歌离开了。这次我也是留下东杰离开的,但没有喝醉,也没有可以一起唱歌的人。

离开很容易,只有这一点是一样的。对我来说,离开或留下没有什么差别。不管我在哪里,世界都不会有什么变化。

离开清凉里站,列车开始提速。我想,它是在漆黑的轨道上跑的。

随即我突然开始怀念轨道旁边的房子、窗户、窗帘,还有在那里密密麻麻睡着的人们。倚着靠背,我像回到久违的故乡一样感到惬意,我睡着了。

每次伴随着歇斯底里的蜂鸣声传来提示下一站的语音播报时，我都会从浅睡中醒来。大学生们还在挣扎着唱着歌。我看到了窗外冬天茂密的树木。

过了桥，有个煞风景的十字路口，还有电线杆。马路边，成串橙黄色的灯泡像果实结在人们的家里。黑暗中有道路指示牌、树丛、河和白铁皮屋顶。所有水田和旱田都在黑暗之中。有停泊着的货车，睡着的天和地，睡着的人们，仓库和农用机具，还有列车驶过以后，整晚延伸着的空空轨道。

坐在我旁边的中老年人拿起装着干明太鱼的包裹在原州下车了。时间到了半夜十二点半，车门一开，一个年轻女人拿着鼓鼓的旅行包上了车。穿着褪色带毛外套的女人涂了红色口红。一直吵闹不停的年轻人安静了下来，他们用些许好奇的目光看着女人会坐到哪里。女人坐到了我旁边，她没有在意周围人的目光。她费力地将包扔到行李架上后，散了架似的坐到了座位上。

快到堤川时，我看到了一条小河，漆黑的水面上泛着灯光。那真是静谧的风景。进入太白线后，每当火车灯光照亮黑暗，邻近铁道的地方都会闪过矮矮的房屋。

我想这个时分大家应该都睡着了吧，首尔的酒吧应该也都关门了。寂静的马路上只有收费的出租车在疾驰着。我想着东杰的房间，他们也应该都睡着了。

坐在我旁边的女人把头埋在前座靠背上，努力想要入睡。看她难受的样子，我提议和她换位置。"我已经睡醒了，请靠在窗户这边吧。"

女人没怎么谦让就和我换了位置。她在努力寻找舒服的睡姿，像幼虫一样弯着腰屈膝坐着。她把自己的外套挂在车窗上后，把头埋进了外套里。看起来这是尝试过的姿势中最舒适的，女人很快睡着了，她看起来睡得非常平静。我猜想，她在自己的城市里每天都无法入睡。就像哪怕是一小会儿都不能熟睡的我，却在东杰房间睡得很沉那样，在这奔驰的火车上她才能睡着。

夜越深，我越清醒。时间过了凌晨三点，再过一会儿就要破晓了。随着黎明的到来，火车就会到达海边。

"东杰，你看这个。"

我紧盯着窗外的黑暗。

"我在去往大海。"

女人蜷缩的肩膀轻轻打了个寒战。我把外套盖在她的背上，抱着外套的女人嘴巴动了动。盖着我脏兮兮的破旧衣服，女人睡得很平静。

列车离开了道溪，女人从睡梦中醒来，看着我迷迷糊糊地笑着，并把外套还给我。

"您去哪里？"像是表示感谢，女人淡淡地问道。在摆弄着头发并坐正身体的女人身上，散发出了很久没换水的花瓶里才有的酸酸的香味。

"您去哪里？"我没有回答，反问道。

"我去东海。"

"东海有什么？"

"有港口。"

"是很大的港口吗？"

"是的，非常大。"

我们没有再说话。突然，我感觉很久以前就认识她。

一直不知疲惫的吵闹的大学生在进入岭东线时才好不容易睡着，到了东海站他们都下车了。女人和他们一起下了车。

我茫然地望着车窗外远去的女人背影，我突然觉得是不是为了遇见那个女人才坐的这趟列车。我平白无故地想念起素不相识的她。

背着登山包、带有孩子气的年轻人提议要帮女人拿沉重的行李。女人犹豫了一下，就把行李交给了他们。年轻人开心地走向检票口。接下来，他们会去爬五台山或武陵溪谷，中午时分会打开行李，点燃准备好的炉子。

语音播报说因为列车检修，会停站十七分钟，所以我披上外套来到站台。去江陵的旅客们纷纷出来透气，车长也和旅客们谈笑着。

我看到了阴险地趴在那里的几条轨道。黑色货运列车躺在那上面。广阔的车站东侧可能是看不见的大海，非常黑，看不到一点灯光。西边天空上挂着如悲伤的眉毛般的新月。

我依旧是一具空壳。这一切都是梦。这黎明、为了上班而洗头发的善珠、早餐饭桌、满脸皱纹的东杰妈妈、用石油炉加热的洗脸水、在床铺上翻来翻去的东杰分身，那些才是现实。就像三年前坐夜行列车时那样，我在首尔的清晨游荡着。

在车厢里阳光照不到的地方，我的心情会变得阴暗；走到车窗能照进阳光的地方，我的心情又会变得明亮。

我听到了提醒发车的刺耳的哨子声。聊着天的列车长和旅客们回到了车厢。哨子声再次响起，列车开动了。夜行列车的最后一节车厢消失不见时，只有我被留在了空空荡荡的站台。

3

我们喝酒帮的家伙们带着些许憔悴的脸，一个个从兵营回来了。该回来的家伙都回来了，我们为此组织了庆祝聚会。东杰像被邀请的客人，很晚才出现。还没到夜半，他就假装去卫生间，消失了。我们知道东杰很忙，所以也都理解，但内心深处还是有些不是滋味，希望他能打个招呼再消失。最后一次见到他时，他穿着体面的西装出现在了毕业典礼上。他和我们站成一排，拍了几张照片后就匆忙回了单位。

东杰的眼角带着疲惫，这不仅是因为善珠的话产生的偏见，他真的很疲惫且被生活追赶着。"实相"一直都摆在那里，但之前不知道"实体"，所以时常会错过东杰的表情，可是现在我能感知到这些了。

他很孤单。推开酒吧的玻璃门出现在我们面前，向在座的家伙们一个个打招呼微笑，寒暄过后喝酒，东杰都没有表现出来，但他很孤单。

其他家伙都很羡慕东杰，羡慕东杰有像样的工作，羡慕他自信的样子。在其他家伙看来，东杰的自信像是在向他们炫耀自己不再彷徨似的。

你们这些笨蛋啊！我在心里对他们说。他很早之前就背叛了我们，现在这个瞬间也一样。

毕业后我们各奔东西了。要继续深造的家伙留在了学校；还有在地方高中当老师的家伙；剩下的家伙拿着简历和自我介绍跑来跑去，一两个月后都骄傲地找到了栖身之地。

有段时间，我们没能聚在一起。在街上偶然遇到了一个家伙，但他只递来一张名片，连手都不握就转身走了。

到最后都没找到工作的人是我，这是上学的时候所有人都预料到的事。每当有人问我以后要做什么，我都会回答"什么都行"。我不在乎我的人生，反正都是需要承受痛苦和忍耐的世间事，与我无关，最坏的打算是干不需要毕业证的活儿，能糊口就很好。

包括爸爸在内，所有认识我的人都担心我的未来。我没有操心过学分或为就业做过准备。

因为我不爱任何东西，其实这样的思考中充满了荒谬的傲慢。我偶尔会想起入伍欢送会上东杰说过的话，可能是因为被他看穿了，所以我才觉得不舒服。我有信心适应任何情况，相信自己有活下来的信心，只要我愿意，不论何时我都能改变自己，只能说这是在拖延那一天的到来，慢吞吞、懒散地拖延着我的人生。

就这样，夏末的一天，我下了地铁，犹豫要不要上台阶。我正用心地思考着：我是为了去哪里，才走了这么长的站台呢？就算换乘也没有非要去的地方啊！突然有人拉住了我的袖子。

原来是善珠。两年多来第一次见到的善珠，此刻变得快认不出了。她没有穿肘部磨得发亮的冬季外套，而是穿着耀眼的白色麻料夹克，围着又薄又花哨的围巾。她挽着一个男生，那男生戴着金丝框眼镜，感觉眼神多少有些锐利。

善珠用她那特有的像主播一样的声音说道："没听东杰哥说吗？两个月以后，我就要结婚了。"

善珠穿着布料轻盈的裙子，裙角轻轻舞动着，匆忙走向刚到站的电车。她转身,那只没挽胳膊的手向我挥舞着。

"恭喜啊!"分手前,我含混不清地说着。因为再次相遇的惊讶,我都没能和她的未婚夫好好打招呼。

我没有出站,而是打算喝地铁站自动贩卖机里不太卫生的咖啡。我跨坐在空椅子上,再三回味善珠给我心里带来的波澜。

我觉得一切都变了。靠在公交车窗上,流眼泪的善珠,用脏手擦眼泪的善珠,偶然出现在我面前对我说"一切都变了",然后走了。

随着岁月流逝,事物都在归位。无法忍受的一切滚过受伤的身体,扎进了它本该在的位置。一个快要酒精中毒的朋友皈依了宗教。大晚上他都会打好几通电话,炫耀自己有了信仰,努力给我传教。通过善珠,我确认了那时感觉到的奇妙的挫折感。

我把捏瘪的纸杯丢进了垃圾桶,已经没有退路了。不光是因为偶遇的善珠,爸爸焦躁的眼神,嫂子那善于交际却又带着轻蔑的语气,哥哥们偶尔向我抛来的关于我未来的提问,打去电话就会说自己太忙的朋友们,我对这一切多少感到有些疲惫。

那年秋天,我终于找到工作了。

虽然不是多好的公司,但爸爸第一次对我露出满意的微笑。"发第一个月工资,也会给我买秋装吧?"嫂子跟我开玩笑似的说道。她可从未跟我开过这样亲切的玩笑。

我没有告诉朋友们我工作的事。因为对工作不太满意,不想特意到处说。进公司临近两个月的时候,我见到久违的几个家伙,无意间说了公司的事。开始他们表示很不是滋味,但很快就隐藏了内心的遗憾。他们知道我们都变了,也知道事到如今,已经没有什么办法了,我们不知不觉开始学习一步一步往后退。

对我来说,本不怎么期待的职场生活意外地熬了下去。至少有我能做的事,这一点安慰着我。一开始想着,干三个月就不干了,却待了半年。过了半年,为了攒够一年的经历,待够了一年。就这样,我的身体对这一切都适应了,所以又过了一年。

我和同事们维持着不远不近的关系。没有刻意去做什么,但我对一切都开始越来越适应。就像东杰预言过的那样,我好像是有些天赋。我很好地适应着这个世界。所有人都说我很神奇。

朋友们再次组织了聚会,不知为何,我不想去。我孤身一人,却感受到热血沸腾且耀眼的青春时期才会感受到的痛苦。现在这已经成了很合身的壳子,在那个壳子里,我很舒服。偶尔朋友们会往办公室打电话。"喂!东杰和你怎么能这样?也偶尔亮亮相啊。你们这些家伙是不是打算结婚时才发个请柬？"确实有个家伙已经和同岁的爱人举办了婚礼。我们各自都活得很好。

我忘却了夜行列车。我内心萌动的青春之光与期望和夜行列车一起慢慢被忘却了。

现在东杰的房间里只有躺着的东杰分身和他的妈妈。每天如约而至的早晨和夜晚，东杰都会在那里生活着。他断绝了与所有朋友的联系。我无法了解他怎样活着，我也断绝了与所有朋友的联系。

偶尔我坐的公交车停在铁道口时，伴随着叮叮当当的警铃刺耳地响起，"统一号"客运列车发出巨响经过时，我也会想起东杰。捂住耳朵坐在地上呻吟着"火车车轮声……"。他的脸像飞驰的火车一样快速闪过我的眼前，并随着火车从我视野里消失……

就这样，到了冬末的一天。因为部门聚餐喝酒，直到午夜酩酊大醉的我才回到家，东倒西歪地刚要铺床，嫂子在房门外小声喊了我。因为五个月大的侄子太敏感，每到晚上，包括爸爸在内的家人们都会踮脚走路，家里人都像说什么秘密似的，小声对话。

"来了好几通找小叔子的电话。"

我因为喝醉，大声反问道："什么？"

嫂子更小声地说道："小叔子的朋友来了好几通电话。他说很晚也没关系，叫你打电话给他。可能还会打来电话，所以你打给他吧。每次电话一响，我们高恩就会被吵醒，然后哭，刚刚才睡着啊。"

"哪个朋友？"

"东杰，他说他是东杰。"

我咽着苦苦的口水，粗暴地敲了几次胶合板门。"知道了，我知道了。回去休息吧。"

听到我的声音里带着酒意，嫂子回到了里屋。

我脱掉了外衣，不想洗漱，盖上被子很快就睡着了，睡得很沉。

我被敲房门的声音吵醒了，孩子刺耳的哭声从里屋传了出来。胃里火辣辣的，我皱着眉头开了门，嫂子拿着电话站在那里。

"电话……您刚才没打过去吗？"

我接过嫂子不耐烦地递来的电话。

"知道现在几点了吗？三点多了。"

嫂子关上门走了。我爬进被窝平躺下，艰难地把电话放到耳边，闭上了眼睛，睡意像瀑布一样袭来，听筒总是从手中滑落。

"英贤啊，是我。"

还没等说完"喂",我就听到了东杰的声音。

"明天,不对,是今天。"

他好像也喝醉了,发音不是很清楚。

"今天,你要不要跟我一起去碧蹄[1]?"

"什么?"我在似梦非梦中回答道。

"要不要跟我一起去碧蹄?"

我接过嫂子递来的电话时早已喝醉了,本想着要说"很久没见啊""过得怎么样"这样的客套话,然而他的话让我慌张。但反正已经烂醉了,我省去客套话,附和道:"今天?今天是星期几?"

可能是公用电话,传来了街上的噪声。

"星期三。"

我听到了东杰的回答。

"你不上班吗?……你喝酒了吗?还不回家,干吗呢?……下次,下次再去吧。……最近过得怎么样?"

我努力摆脱袭来的困意,一段一段地说道。

"英贤啊,今天和我一起去碧蹄吧。"

他的声音很执着。

"不行啊,臭小子。"我斩钉截铁地说道。沉默了好一会

---

1 碧蹄:位于首尔近郊高阳市的一个铁路车站。——译者注

儿，他不知说了什么就挂了电话。好像是说了句"知道了"还是"好好的"，我不是很确定。我关掉听筒的开关，把听筒扔到了头旁边。我马上向悬崖一样的睡梦中掉了下去。

那天早上我睡了懒觉，用一碗凉水代替了早饭，比平时晚二十几分钟出了门。我一口气过了绿灯闪烁的人行横道，坐上了出租车。虽然只晚了二十分钟，交通却混乱不堪。捂着难受的肚子，我用指关节敲着出租车玻璃窗内侧，很是焦躁。

"我在这里下。"

司机长着一张令人厌烦的脸，我付给他起步价后在人行道上下了车。到地铁站还有一段距离，但我感觉跑过去会更快。跑了一会儿，我上气不接下气，便叼着烟慢慢走着。反正都会迟到，这样一想，心里反而舒服了。我自暴自弃地向地铁站走着。走过占满四车道的汽车旁，心情还算不错。被逆风吹回来的烟蒙住，我抬头看了看天。

就在那时，我感到胸口疼痛，是被尖锐的东西刺到似的那种疼痛。

碧蹄。

那是一瞬间被想起来的词。这时我才想起了昨晚喝醉时接到的电话。我清晰地重新想起了被随便挂掉的电话的内容。

"要不要跟我一起去碧蹄？"

我听到了火车车轮声，以及快速经过眼前的列车轰鸣声，耳膜嗡嗡的。我清晰地想起了东杰急促的声音和公用电话亭的另一边传来的汽车声。

我走在挤满汽车的大街上。我要去哪里？我不知道。但我却继续迈着脚步。我在去哪里？我突然像迷路的人那样，回头望着走来的路，就这样走着……

我没有去碧蹄。

迟到了四十分钟的我，比往常更努力地工作。每当电话铃声响起，我都会心里一沉，但每次都是客户打来的，或是找同事的。我忍不住往东杰家里打了电话，没有人接。想象了一会儿空无一人的东杰房间响起电话铃声，我放下了听筒。

下班后，我马上回了家。

"有没有找我的电话？"

"真是的，白天怎么会有电话找小叔子啊？"嫂子不耐烦地对我说。

直到午夜都没有人打来电话。

碧蹄，我去过那里。我从小听到和想象的碧蹄，是一下车就弥漫着石灰味儿的地方。但实际路过看到的碧蹄却是现代化的——高楼林立，街上行驶着很多高级车。本来只以火葬场闻名的那里，现在已成了值得一去的游乐园。

我做了整晚的噩梦，梦里我掉进水里挣扎着，水边连一棵野草都没有。在灰色的沼泽中，我挥动着胳膊挣扎着。一只粗糙的手伸过来抓住了我的手，我抬起头才看到那个抓起我的人，那是东杰的脸。尖叫着放开手，一晃我已经在岸上了。东杰的脸正在水中往下沉，我抓住他的胳膊拼命往上拉。水位变得越来越高，不论如何拉，东杰都不能呼吸。

随着短促的呻吟醒来后，我又睡着了。东杰站在碧蹄的街上，我呼喊着东杰。站在奔驰的车流之间，他没有听到我的声音。他的嗓子里喷着火，他那似哭似笑的脸被火焰包围着，火焰没有在空中散开，而是烧着他的全身。

因为弥漫的石灰味儿，我紧紧抱着脖子倒下了。不知是谁抓住我的腋窝，扶我站了起来。是善珠，眼泪从她的眼睛里滚落下来。一个男人的脸从正面靠近我，是东杰的脸。他的眼睛对不上焦，嘴角流着口水的男人在靠近我。

"不要过来！不要过来！拜托！"

我流着汗从被窝里起来了，发出了哽咽声。为了止住哭声，我咬住了棉被。天还很暗，还要很久才会亮。

第二天我去了单位，像往常一样工作。东杰没有给我打电话，我像往常一样下了班。

又过了一天，东杰打来了电话，刚好是我穿好外套要走出办公室的时候。我听到同事喊我名字，就拿起了听筒。

"是我，东杰。"

他没有给我机会问什么。

"我要离开了。"

我拿着听筒的手在冒着汗，一块沉重的东西堵住了我的嗓子眼儿。

"你会来送送我吗？"

我没有回答。

过了一会儿，东杰再次提议道：

"今晚十点半，我们在清凉里站的钟楼见，好不好？"

"好。"

我艰难而短促地回了一声，结束了通话。

我穿着外套，坐在了自己的座位上。同事们陆续下了班，只有我一个人留下来，盯着挂钟。

到清凉里站三十分钟就足够了，但我没到九点就走出了办公室。

将要离开的和回来的人挤满了车站广场。我站在钟楼前等着，像是等待我所错过的一切那样，像是等待我没有珍惜，只是轻蔑地任其流逝的青春那样，默默等着。好像只有等待才能饶恕我一样，一等再等。

快到十一点，东杰才到达。穿着破旧野战外套的东杰手上拿着黄色纸袋。

东杰慢慢走到了我面前。他原本胖胖的脸现在瘦得不像样，看起来比实际年龄老五六岁。他伸出了手，我知道那只手的触感，是温暖又黏糊糊的手。我莫名地害羞，马上放开了手。

我们并排站着，望向昏暗的广场。那些打算在夜行列车上吃夜宵的人，挤满了广场中间开着灯的小商铺。

我不知道该说些什么。

"你去哪里？"我打破许久的沉默问道。为了确定这句话说得是否合适，我焦躁地看着东杰的侧脸。

"东海。"东杰回答道，"有个东西要还回那里。"

他的眼眶有深陷的阴影，那阴影中有双眼睛在闪着光。他紧盯着每一个走过广场的人的脸。

我没有再问下去，没有问东杰如命一样抱着的纸袋里装的是什么。

东海港的风景掠过眼前，像房子一样大的商船和渔船进出港口，东杰站在港口的栏杆旁。混凝土地面被海水打湿了。我看到他手里破碎的青春，像雨雪一样散开。

眉毛感觉到了凉意。东杰的脸上也挂着水滴，他没有擦。

"说是要下雪，原来是雨。"我用手背擦着额头说道。

"是啊，是今年的第一场雨。"东杰像跟着学一样，冷冰冰地回应道。

东杰的眉毛上有新的水滴在流下来，他没有去擦。东杰的鼻子和嘴喷着白色火花一样的哈气，从脸颊上淌下来的不是汗水，而是凉凉的雨水。雨水弄花了他那脏兮兮的野战外套。

"谢谢你能出来。"

东杰摆着一张冷冰冰的脸，却深情地拍了拍我的脸颊。

东杰带头向车站走了过去，我跟在后面。他像被勾了魂，任凭水坑里的水打湿皮鞋，直直地向前走着。

不平整的广场水泥地面上有多处积水。走进车站，检票口开着，东杰站到了队伍最后。扛着旅行包、双手拿着行李包的人群不断被站台处的黑暗吸过去。

东杰的车票被站务员的检票钳打穿了。

"东杰啊。"我不知为何喊住了他。

东杰转过身看向我，他可能想对我微笑，但只是咧着嘴。

我什么都说不出来，甚至都笑不出来，像是有一双有力的手从背后伸过来堵住了我的鼻子和嘴。

东杰的身影很快消失在站台的黑暗中，看不见了。站在我身后的人们匆匆忙忙地推搡，我被他们的行李又挤又撞，像丢了魂似的站在原地。

我向着检票口晃晃悠悠地走了过去。站务员向我索要车票，这时我听到了汽笛声。

混浊的汽笛声幽幽地传到我所在的火车站，我推开了站务员。

"抓、抓住那小子！"

我不顾站务员的谩骂,飞奔而去。列车仍停在站台,我刚要跳上去时,列车开动了。我脚下一滑,摔倒在湿滑的站台上。我爬起来,列车逐渐加速,我拼尽全力奔跑。

我抓住了车门栏杆,把右脚踏了上去。雨点猛烈地打在脸上,我把左脚也放到了踏板上。

火车车轮发出震耳欲聋的轰鸣声。

我靠着车厢门瘫坐下来,喘着粗气。摔倒时受伤的膝盖和脏兮兮的手掌火辣辣地疼。我像从一个漫长的梦中醒来一样,揉着眼睛,望向雨中闪耀的万家灯火。

疾奔

这天晚上，仁奎在首尔大街上奔跑了不止五千米，从位于市东北角的继父开的壁纸店到这个市中心地段，一口气奔跑而来，他一路经过了三处娱乐街和漆黑的人行道。

仁奎来到了斑马线前，绿灯开始闪烁，他没有停下来，直接跨过了六车道的马路。直到仁奎踏上对面的马路，信号灯还在不停闪烁着。

时间已是子夜时分，虽然早春的晚风带着些许的寒意，但是他早已大汗淋漓。仁奎在左侧人行道上跑着，他能感觉到对面开来的汽车就要扑向自己的身体了，车辆在人迹稀少的道路上尽情加速。

终于，仁奎将手扶到路边的树上停下了脚步，因为喘不上气来，他的肩膀像放声痛哭的人一样大幅耸动着。仁奎回头望了望，那排成一行的街树正阴森森地举着臂膀。虽然是同样的路，回头看时却觉得与自己跑过来的路完全不一样了。他喘着粗气，猛一扭头回望自己跑过来的路，觉得脖子生疼生疼的。

母亲在一个星期前突然失去了联系，之前她恨不得每天都给仁奎的办公室和单身公寓打好几个电话。仁奎开始还感觉挺轻松的，但随着时间流逝，他开始被异样的不安笼罩，不祥之兆令人越来越不安。仁奎一直守在办公室或公寓等着电话铃响，但这一晚，他不顾换乘地铁和公交车的麻烦，直奔继父家开的壁纸店。

"为啥不早点告诉我？"

继父个子矮小，巴掌大的脸上布满皱纹，他摘下老花镜有气无力地回应了一句："是她再三嘱咐我不要告诉你的。"

继父坐在柜台前把所有纸币和零钱铺展开，正计算和整理当日的账簿，被仁奎问及母亲下落时，他支吾了几句后还是吐露了次日要动手术的实情。

"是哪家医院？"

继父说出了母亲住院的大学附属医院的病房和床位号。

"你现在即便去了，院方也不会准许你探视的。"继父对着离开店铺的仁奎后脑勺大喊了一声。

"不是为了探视才去的。"

仁奎回过头去不满地看了一眼继父的脸。

"你觉得连个看护的人都没有，就这样把她孤零零地扔到医院里，合适吗？"

"谁不想今天晚上就待在医院啊？是她非要一个人在医院的，我没办法，这才被赶回来的。从没见过她那样固执过，她还说自己连生孩子的时候也没叫过一声,现在对我大喊大叫,你说我有什么办法?"

继父反而抬高了嗓门,合上账本,锁上了保险柜。

"你才奇怪啊,你扪心自问,你什么时候对你妈妈有过一点点关心?"

可恶的守财奴。

仁奎差点就骂出声来,却还是把这句话咽了回去。

"哐"的一声,仁奎关上店门跑了出去。这时已经是深夜,郊区到市内的公交和地铁都已经停运,他没坐出租车,而是选择了跑步,一直跑到这里。

仁奎的手掌上有两条约五厘米长的伤疤,这两条疤痕可不是不小心摔倒或是被锋利的物体给刮出来的,像是用剃须刀片划的。

仁奎有使出浑身力气握紧拳头的习惯。他走到哪里都攥紧拳头,力度足以把五根手指关节握断,那架势好像要对准谁的脸猛然挥拳头一样。偶尔他也会因为疼痛松弛一下手指,每每这时就能看到中指和无名指的指甲,会在命运线一带划出两道血淋淋的杠来。命运线两侧无数不可解读的细线之间有刻出来的红色疤痕,就像是不祥之兆一样,经常让仁奎不寒而栗。

仁奎今年刚好三十岁,然而他的牙齿还没有七十岁老人的好。仁奎不能用凉水刷牙,吃到酸或甜的食物就会感觉牙根刺痛得受不了，要用温水漱口才行；早晨起床时只要轻轻推或拽一点，从门牙到臼齿的牙就都松动了。

仁奎知道这是什么原因，每次猛然握紧拳头时，他就会像要破口大骂的人一样紧咬牙关。睡觉时也会"咯吱咯吱"地咬牙，他连笑着的时候也紧咬牙齿；偷偷哭时，他像是要咬出血似的使劲咬住下唇，从嗓子眼里挤出来的呻吟会因为找不到出口而再次被吞噬，他不会流泪，只会抽搐着肩膀干哭。

他的脸上不带血色，面颊凹陷，瞳孔在凹陷的眼窝里无情地闪着光。就是这双眼睛，让仁奎对看到的一切都带着猜忌。哪怕是有人善意相对，他都会仔细思量一下那个人有没有什么企图。

仁奎唯一拿得出手的爱好就是跑步了。他上高中时，参加跑步比赛每次都会拿第一名。已经三十岁的他，直到现在还每天早起到单身公寓后山的登山路上去跑步，跑到大汗淋漓也不会停下脚步。仁奎想着一直跑到岔气晕倒，把活到现在为止吃过的和喝过的都吐出来后，被救护车拉走。他还想一直跑到世间的尽头，一直跑到死为止。

就那样跑着跑着，他每次都一定能跑到不能再远的登山路上。仁奎沿着来时的路又跑了回去，这次不是为了跑到世间的尽头，因为耽搁了上班时间，所以要更加拼了老命去跑。等跑上公寓楼梯到了第二层的房间时，他也就瘫软在地，身体像散了架一样。

每天都是急匆匆地赶上班时间来到办公室，仁奎整日都疲惫不堪，只有到了太阳落山下班时，他的身体才重获生机。第二天清晨想再跑步就必须储备体能，所以他要赶着回自己的单身公寓。

他的同窗们大部分都已结了婚，快一点的生了孩子，然而仁奎却始终以为结婚几乎是与自己毫不相关的事情，家人也是如此。

当然，仁奎也有自己的家和家人。生母和继父经营着一家不大的壁纸店，纹理精致的壁纸和塑料布把店里装饰得很温馨，像一个可以做美梦的被窝一样。和店铺紧挨着的二楼砖房内，家人们的日子过得和和睦睦。

但是，满脑子都是生意的继父从来都不喜欢仁奎。

同母异父的妹妹去年三月上了高中毕业班，她不管仁奎叫哥哥，还躲着他走路。仁奎在学生时代不得已住在家里，上班后立马就搬到公司的单身公寓住。

母亲在家人面前从来没有对仁奎表达过爱意，除了必要的对话，就没有主动说过什么话。每月发薪水的那个周末，仁奎就像陌生的客人一样，在接受了带有仪式感的款待后就会匆匆离开壁纸店。

这般无心的母亲，却在去年冬天的一个早晨开始给仁奎打电话。迟到了十分钟以上的仁奎急匆匆走进办公室，刚坐到办公桌前，电话铃响了。

"仁奎吗？是我，妈妈。"

母亲居然会给自己打电话？以前几乎想都没想过，所以仁奎很是惊讶。

"请问是什么事情？"

礼貌性地问候过后，仁奎直截了当地问她打这通电话的意图，母亲说："什么？我是个连给你打个电话都不配的人吗？"话尾有些含混不清。

"雪，不是下了很大的雪吗？就是说昨晚嘛，所以就……所以想起来就打了电话……"

母亲像害羞的少女一样说话连连打着结，好像是在公共电话亭打的，车辆的声音和人声混在一起，听起来很嘈杂。

"那就这样吧，挂了……"

简单的第一次通话，对母亲来说也许是无比满足的。母亲从那时开始每周一次，三天一次，最后一天一次地打起了电话。仁奎即便用平日里做业务的口气答话，母亲也始终笑着把差不多的问题问来又问去。"今天天气有点阴，《天气预报》里是怎么说的？""是不是晾晒的衣服没有收就出来了？是不是窗户没关就出来了？""雨伞带没带在身上？你看我这精神头，我把雨伞给弄丢了，在哪里、怎么给丢掉的，说啥也想不起来了……"她就这样说着,一旦听到预示三分钟满的机械声响起,便吓一跳似的说:"时间到了!"这才挂断电话。

仁奎心存疑惑,在这个月的最后一周径直去了壁纸店。等到真的与母亲面对面时,看到的却像没有任何事情发生过一样,仁奎有种被捉弄的感觉。她像是对曾经给仁奎打电话的事情完全失忆的样子。

也是在这个晚上,从继父那里得知,两年前,母亲的子宫内长出了良性的肿瘤。晚饭过后,四口人坐在一起时,继父当着仁奎的面埋怨着母亲。

"都说肿瘤还小的时候赶紧做手术才好,为何一直耽搁到现在?如今已长到拳头大了,手术岂不是更麻烦了?"

"这把年纪了,还往身上动刀干什么?也不想再多活了……"

母亲的脸泛红了,她本想削苹果,要拿水果刀的手在微微颤抖。

转天,母亲又往仁奎的办公室打了电话,向来在电话里只用办公口吻说些"是"或者"不是"的仁奎第一次向母亲询问起了病情。

"不疼吗?"

"瞧你这小子,当然疼啊,能不疼吗……"

听筒的另一端突然传出了哽咽声,原本贴在椅子靠背上的仁奎挺直了上身。办公室一片寂静,隐约传出电脑键盘敲击声和复印机工作的声响。如何安抚电话另一头哭泣的老母亲？仁奎也束手无策。

"趁还来得及，请马上办理住院手续吧。"

那一刻，仁奎的语调无比亲和，以至于不敢相信这句话竟是从自己紧闭的口中说出来的。

母亲停止了哭泣，她强带着微笑说道："没事，我还是能忍一忍的，等你妹妹放暑假了，想等到那时再看看……"

直到听到母亲纯朴的回话，仁奎才明白母亲只是因为害怕才推拖着手术的事情。母亲真的是害怕腹部开刀、流血，在漫长的恢复期里与疼痛相伴，不想找继父拿钱或是照顾妹妹的理由都是次要的。

仁奎顿时发了火。

"您不要像小孩子一样可以吗？现在才二月份，怎么能推到那时候？"

母亲畏缩着，但感到儿子为自己担心还发火，很是欣慰地说："都说没关系了，还是多注意点自己的健康吧。"说完赶紧挂断了电话。

母亲从那以后每次打电话都会哼着说自己身上的疼痛。

"昨晚整夜不能入睡，连上卫生间都感到害怕，想象下腹被撕裂的样子，动手术那得多疼呀！好好的肚子要用剪刀剪开，多疼啊！说是瘤子都长成初生孩子的脑袋大小了，会多疼啊！"

母亲平生没有对任何人诉说过半句苦痛，现在这样莫名说出来的话让仁奎有些不知所措。每次听着母亲记不住自己说过的话，又把说过的话不停重复的时候，他非常诧异。

"多疼啊！我害怕，都说瘤子长得跟初生孩子的头一样大了，会多疼啊！"

母亲才刚过半百，这年龄还不至于得阿尔茨海默病，但因为娘家有这种病的遗传基因，所以也不是不可能。仁奎原以为母亲还只是因为害怕而已。继父对她越来越漠不关心，妹妹已经长大成人，也可能和他们两人关系变得生疏有关。家人之间并没有发生什么异样，但母亲给仁奎一打电话就情绪高涨，从这来看，他的推测像是对的。

仁奎这种想法没过多久就破碎了，那是一个雨雪纷飞的下午。

"振奎啊，那边不冷吗？衣服要穿严实才行……"

电话听筒传来的是母亲微微颤抖的声音。

"您刚才说啥了？"

听到母亲电话里说的话，仁奎吓一跳，赶忙追问道。母亲好像意识到自己说错了话，打了个激灵，赶忙说："仁奎啊，就说到这里了，风太凉了……"便匆忙挂断电话。

"振奎啊，那边不冷吗？"

那天仁奎忘记了下班，直到夜深了还在注视着办公室窗外。霓虹灯明暗交替地闪烁着,他好似在幽冥界前直愣愣地站着。黑暗中片片雪花飘飞着,在触碰到地面的一瞬间消失得无影无踪。

仁奎的公司与驻军有业务往来,所以文件柜里保管了一些整训军人送给他的军供罐啤,仁奎会把这种不好喝的军供啤酒玩命地往空胃里灌下去,直到醉意浓浓又头晕嘴麻的时候,他才走出办公室。

总算给忘掉了。醉汉在夜晚的街头可以借着醉意大摇大摆地走路,到了有路灯的地方,偶尔还可以惬意地停留一会儿,回到公寓里去。连母亲的胡言乱语也可以忘掉了,他就算是醉了也会紧握着拳头,时不时也会昂着头,任凭刮脸刀片一样瘆人的湿雪拍打面颊,可以使劲对着行道树的根部猛挥几拳后继续往前走,可以感受着灯光摇曳带来的眩晕,或者忍着步行道上的石板带给膝盖的冲击,尽情地奔跑。

跑到街头时,仁奎唯独喜欢耳边吹过的冰冷夜风,还有从自己身体里迸发出来的速度。跑到实在喘不上气的时候,他咬紧牙关,那样才可以把就要轰塌的膝盖朝前面继续迈出去。

离母亲入住的大学附属医院只剩三站公交车的距离了,一路跑过来,仁奎身上的汗正在变凉,胳肢窝和前胸也进了寒气。

仁奎不禁自问,是否因为担心母亲才跑到这里来的?他深知自己有多冷漠，可他不知道为什么一想到病房内铁床上母亲独自一人躺着的样子就会悲愤交加，也不知道为什么自己一看到继父打烊后数钱时那张无比平和的脸就会感到憎恶。

仁奎在很早以前就认为自己是个老得不像样的人，所以觉得感情动摇是件奇怪的事情。仁奎在想，是不是那个一直封住记忆出口的线头直到现在才伴随着"咯噔"一响断掉了？因为什么呢？是母亲哭泣的声音还是从母亲嘴里发出来的"振奎"这个名字把它给弄断的？

"振奎啊，那边不冷吗？"

润湿的春夜里正在吹过露出利爪的风，他咬紧牙关攥紧了拳头，他能感觉到自己的手指甲正在钻进充满痛楚的伤疤里。

直到仁奎初中毕业时，他的一家老小都住乡下，仁奎的父亲把装在汽水瓶里的农药一口气全喝下去后死了。那时，母亲只有三十五岁，仁奎十五岁，流着鼻涕在村子里到处挨打的弟弟振奎只有六岁。

勤劳的父亲和母亲手头有一些田地，所以母亲改嫁也没费什么周折，她在几个求婚者中选择了唯一没有子嗣的继父。

继父刚一结婚就把田产给卖掉，置换了全邑[1]唯一的壁纸

1　邑：韩国隶属于市或郡的地方行政区域单位，人口一般约2万人，也有不足2万的情形。——译者注

店。那时正是新村运动[1]方兴未艾之时,仁奎住着的小小村庄一个月也有五六户被纳入环境改善之列,有幸得到重建。继父喜欢新到的壁纸散发出来的淡淡纸香味儿,更喜欢把这些壁纸卖掉后保险柜里的钞票味儿。

母亲告别了种地的日子看起铺子,有幸能买到漂亮的衣服穿了,粗糙的皮肤也滋润起来。不知不觉中,他们也成为全邑内最恩爱的夫妻,振奎的死也正是在那个时候发生的事情。

振奎是被村里的孩子们打死的,他的死就如同父亲的死一样让人无法接受。振奎断气那会儿,仁奎还在邑内壁纸店看店,继父和母亲去批发商那里进货了。

仁奎前院家的小不点把他的脑袋从半开的店铺门缝里伸进来,说:"哥哥,振奎正在挨揍呢,打他的哥哥有好几个呢!"从脸色可以看出,小家伙被吓得不轻,说完就跑开了。

可是仁奎却没能马上跑去找振奎,因为那一刻还有客人在挑选着壁纸,也快到母亲约定的到家时间了。仁奎守着店铺,急得直跺脚。

过了三十分钟,又过了一个小时,又过了三十分钟,终于等到母亲回来,仁奎飞也似的跑向空地。

---

[1] 新村运动:是20世纪70年代在韩国政府主导下以"新村精神"为基础,各地区为改善生活环境、提高收入而开展的社区开发运动。——译者注

仁奎至今还清晰地记得那天,振奎那小小的躯体蜷缩着躺在村口外的空地上。傍晚时分,吓坏的孩子们把振奎扔到一边后早已逃之夭夭,空荡荡的场地里雾一样的夜幕浓浓地沉降下来。

振奎冰凉的脸庞和手脚上尽是污泥,被分泌物和露水打湿的脏衣服好比浸泡了一半的抹布碎片。仁奎胡乱背起断气的振奎,哭喊着跑向了邑内。到达邑内时四周已经完全黑了,仁奎用肩膀推开了亮着灯的壁纸店玻璃门。母亲撕心裂肺地叫喊着冲了出来,把振奎放到地板上的刹那,仁奎瘫倒了,他连连说着胡话:"爸爸,爸爸。"

母亲看着像魔怔了一样,"振奎呀!我家振奎哟!"天一亮就放声大哭。振奎只是个才七岁的孩子,所以没有打棺材,继父用草席把振奎的尸首裹好就背着上山去了,没有垒坟头就把振奎给埋了。振奎的身子骨实在太小,占的地方也特别小。

埋了振奎以后,继父去村里到处找参与这次事件的孩子们的家,那些吓得瘫软的孩子的父母塞给了继父一大笔表示思过和吊唁的抚恤金。

仁奎变得沉默寡言,经常蹲坐在炙热阳光下的院子里,直勾勾地盯着地板,偶尔会抬眼紧紧盯向继父的眼睛。

曾经调皮捣蛋的仁奎从那以后不再把衣服弄脏,把屋子收拾得干干净净,也会去洗自己的内衣。哪怕看到一粒灰尘、一根头发，也会把地板擦了又擦。他把拳头攥到疼，咬紧牙关去笑也是从那个时候开始的。

"仁奎这家伙的眼睛不像是孩子的，直让人打寒噤。"

直到夜深还不能入睡，仁奎刚一溜到檐廊便听到继父在里屋说话。

"振奎就忘掉吧，你看看，已经死了的孩子老去想有啥用？"

没有听到母亲的回话，好像是在哭着。"你看看，你看看……"继父连连说着，安抚母亲。

"孩子再生一个不就行了吗？你看看，要一个真正漂亮又聪明的孩子吧。"

从那时起过了几个月后，母亲和蔼地抚摸着仁奎的脸颊说："你就要有一个弟弟了，重新有弟弟的话，你也高兴吧？"仁奎没有答话，只是看了看母亲的脸，仅仅过了几个月的时间，母亲的脸颊消瘦得快认不出来了，上面还生出好多黑乎乎的斑点。她的眼中闪耀着希望的光，但她的面庞却显得更加悲惨。

从那以后，母亲和继父嘴里不再提及"振奎"这个名字，偶尔邻居们提及振奎的事情，他们就会皱着眉头引开话题。振奎周岁的照片也给烧了，和仁奎一起合影的几张照片也一起给烧了。

振奎，好像是从未降生到这个世界的孩子一样。母亲又生了个宝宝，是个小脸蛋的可爱女孩，继父对她喜欢到恨不得含在嘴里。

但是，仁奎还是无法忘记振奎，也无法原谅村里那些躲着仁奎走的孩子。仁奎知道那天是哪个家伙主使害死振奎的。

仁奎守在其中最弱的家伙独自经过的路口，用石头砸了那家伙的脑袋，随即他的额头上淌下了鲜红色的血。那家伙无意识地摸了一下额头，看到手上沾着血后放声痛哭。他一边用手背蹭着被泪水和血搅成一团的脸蛋，一边朝自己家的方向逃去。仁奎不停地往他的背影扔石子，那家伙跌跌撞撞玩命地跑。

那晚，仁奎躲到墙角等着那个孩子的父亲来家里找自己。他想着，连他父亲也要一起砸。

血债要用血来还。

"以眼还眼，以牙还牙"，这是上道德课时老师讲过的一句话，仁奎在黑暗中默念着这句话，心也纠结着。然而那孩子的父亲却没有找过来。看着被吓坏的父母，那家伙硬是编了个自己不小心摔伤的谎话。

学校后院前有一个养兔场，这里平时很少有人来，在这儿仁奎把第二个家伙打得死去活来。被打的小家伙因负罪感和恐惧感并没怎么反抗，仁奎打到自己累得不行才停了下来。料定孩子们不敢告状，仁奎没有什么可以担心的。待仁奎缓过神来时，那个被打的孩子早已无力地晕倒在地上。铁网里被关起来的白兔用通红的眼睛仰望着天空，仁奎根本不顾晕倒的孩子，像没事人一样回到了教室。

这么一来，那些孩子因为害怕一个人走路总是抱团走在一起。仁奎窥视着他们，伺机而动。机会不会轻易有，可一旦抓到就不会放弃。

仁奎的报仇计划进展很顺利，终于等到那个充当孩子头目的家伙只身一人的时机了。那个家伙的身形和中学生一样大，又有力气，不可能用蛮力去制胜，仁奎想的是其他办法。

那段时间，仁奎在少年小说里读到一个故事，每天能极少量服用毒药的话，即使在某一天一下子灌进去一定量的毒药也死不了。这段情节吸引了仁奎。故事的内容大致是这样的：善良的主人公饱受暴君的凌辱，为了治愈自己的疾病，每天早晨都服用微量的毒药。被判死刑后临刑的那天，主人公一口气喝下国王赐下的毒药却没有死成，被诬蔑成恶魔拖到火刑台前，在朋友们的帮助下得以生还。

仁奎心想，每天往水里兑一点点氰化钾喝，日复一日，当自己的身体产生耐毒性之时，和自己最后的目标——那个小头目面对面坐下来，到那时，仁奎的身体会像不死神一样强大，即使喝下两瓶父亲喝过的农药也不会死掉。

"来吧，我打算喝了这杯毒药的一半后跟着振奎去死，你就把其余的喝了吧。"

那小子不得不喝,一定会在罪责感和恐惧中一边发抖一边把杯子里的毒药干了。虽然喝了同样的毒药,仁奎却会安然无事,他会目不转睛地注视着那家伙在挣扎中死掉。每当空想到这样的情景时,仁奎也会忍不住打寒战。

但是在空想实现之前,那个臭小子却自导自演了一出从二楼教室窗口跳下去的闹剧,万幸只是膝盖和肩膀轻微骨折,休学了。在跳窗的刹那,那小子瞅了一眼仁奎的脸——他的脸颊被泪水打湿泛出了光,与那个魁梧身材不相称地抽搐了几下——便扭过头去,义无反顾地跳向了窗外。

仁奎那天下午回到家便病倒了,激烈的哽咽让他透不过气来,他捶胸顿足,什么也吃不下,整夜发冷,说胡话。第二天,又过了几天,他也没能去上学。

就这样,他的复仇剧收场了,伤痕累累的少年也宣告了任务的结束。仁奎现在可以干的事情已经没有了,五天没能上学。那天下午,仁奎拖着无力的身子蹲坐在廊台上,颓败的院落边堆着参差不齐的陈年酱缸,油菜花正密密麻麻地生长着,滚烫的泪水顺着他的面颊流了下来。

那年的秋天绵长又郁闷。所有的孩子都悄悄躲着仁奎走,可他毫不在意。在仁奎看来,他们都是不像样的小孩子,仁奎慢慢变成了无话可说的孩子。

仁奎初中毕业后，他一家人进京了。

继父在首尔郊区新开了一家壁纸店，收入比在乡下邑内要高，所以日子过得越发红火起来。母亲成了城市妇女。妹妹开始学首尔的口音说话。他们一家人在家乡所经历的一切渐渐被忘得一干二净了。

可奇怪的是，那个每天把一点点毒药兑到水里喝的狂想，好像真的在现实中发生过一样，交织在仁奎童年的记忆里。尽管他连售卖氰化钾的药店都没有去过，但每每听到"氰化钾"时就像是听到好朋友的名字一样，内心无比平和。

自从把双臂化为刀刃，发誓要用这"两把刀"把害死年幼振奎的那帮家伙一个不剩地了断开始，仁奎以为自己会一直喝着氰化钾。尽管已经过去了近二十年，但他现在还是觉得哪怕灌进去几碗毒药也不会死的。

仁奎从某一时刻开始就已经变得无比绝情。他喝下的毒药让他的面部凝结出冷酷的皮，有时他也厌倦自己的绝情，可如今再把这层皮给粉碎已经是不可能的事情了。

他就像深夜在树丛里徘徊时被兽夹套住的野兽，他不知道人生是被什么套住了。他等待着黎明，因为无人可以帮到他，已筋疲力尽的他懒得哭喊呻吟。他的腿被锋利的夹子撕裂，现在，他可以做的也只能是舔舐着伤口流出来的鲜血。

黎明会缓解痛苦。拂晓中会走来长着神一样面庞的猎人，欣慰地确认自己俘获的猎物。技术好的猎人只要一击就可令他毙命。

仁奎有时也在想自己没有被套住,他想着,振奎难道就是自己人生当中的套子吗?他也会去想,为什么不能从那个套子中自拔?

无论怎么想,除了等待黎明,他无所事事。就算不被夹子套住,难道不会与那个黎明不期而遇吗?仁奎也只能这样自我安慰。

仁奎耷拉着双臂走在娱乐街上,遇到几十名醉客,他们还没来得及回去,为了打到出租车已经从步行道下到了马路上。仁奎搭着他们的肩膀朝前走。

绕过拐角处就是大学附属医院的围墙。行道树的树叶围绕着屋外的灯光,发出隐隐的寒光,一对恋人沿着阴湿的道路走过来,和仁奎擦肩而过。

对仁奎来说,一切就像做梦一样。双脚踏上去的马路牙子像是含着水的棉花,夜晚的空气缠绕在喉咙里,特别干涩,所有这些对仁奎来说没有一个是真实的。

我要跑起来,仁奎这样想着。

只有跑步的时候他才感觉到自己还活着,也只有那一刻,他的耳畔呼啸过星星运行起来的巨大声响,好似穿过自己的皮肤，与外面的空气混合后跳起舞来一样；也只有那一刻，仁奎的灵魂才能从自己可怜的躯体中脱离出去，那个躯体像极了仁奎小时候在村口外的空地上看到的被遗弃的振奎的身躯。

但是，仁奎已经累得不可能再有力气跑起来了。

他索性拖着腿走了起来，他能感觉到寒意。他紧紧抱着肘，缩起肩膀走了过去，可他怎么都不能从自己的肉体里解脱出去，不论是哪个套都无法逃脱。

仁奎还记得下了夜班拖着难受的身体往公寓走的那些路。双手捧着的包里装的是这些日子要去完成的工作，因为寒意，牙齿都打战，走在没有亮灯的马路上，仁奎小声嘟囔："走着走着就结束了，走着走着这条路就该走完了。"

他就这样等待着，一边等待着这段又冷又黑的路能够走完，一边挪动着脚步。

不知从何时起，仁奎哭着走了起来。不曾流出眼泪，只是一边抽搐一边吞咽哭声。犬齿咬到嘴唇里面，估计再过两天对着镜子把嘴唇翻过来就能看到肉里露出的发白的伤口，他只是单纯以为应该隐忍下去，为了号啕大哭一场就不能停下脚步。

凭着这个本能，他屏着呼吸一步一步朝着前方走着。

"振奎呀，振奎呀。"

一个星期前，在一个很晚的夜里，母亲最后一次给仁奎的公寓打了电话。她哭得几乎歇斯底里。外面下着瓢泼大雨，母亲是冒着雨一直跑到公用电话亭的。

"不打算回来吗？嗯？还能不能回来？"

"妈！"仁奎焦急地喊了起来。

"你醒醒啊，妈，我是仁奎。"

母亲根本不理会仁奎说的话，只是一味地呼唤着振奎的名字。她的声音沙哑到几乎听不出来的程度。不知是不是因为雨声掩盖住了自己的说话声，母亲一直在竭尽全力大喊着。

"振奎呀，振奎呀！不能做手术，手术是不可以做的！"

母亲正在推倒仁奎用二十多年垒起来的心墙。那段时间，振奎只属于仁奎，仁奎认为自己是把七岁就夭折的振奎放在心上的唯一的人。他坚信自己是爱着振奎并且因为振奎而饱受折磨的唯一的人。如果说死人的灵魂会栖息到记住他的人的内心深处，那振奎的灵魂应当随同仁奎的死一起永远死去，只有到了那时振奎的死才算真正的死。

可是，母亲那年把振奎用草席裹着，连坟头都没有就埋了，在二十多年里甚至一次都没有把振奎的名字挂上嘴边啊，她正在重新呼唤着振奎。

"妈妈想把你重新生出来，振奎啊！"

雨声撕扯着仁奎的耳膜，母亲在雨中的呼喊声撕心裂肺。

"真想把你再生一次，能回来不？能回到我这里来吗？"

仁奎走进了大学附属医院的后门，伴随着刺耳的刹车制动的声音，一辆出租车停到了他的身旁，一个年轻的女人随之走了下来。身着黑色衣服，脚穿黑色皮鞋，手拎黑色皮包，女人迈着急促的步伐直奔后门连着的殡仪馆入口而去。

四周一片寂静，殡仪馆所在的建筑每一层都亮着灯，逝者就躺在那里，而活着的人则在他们身旁，或者趴着，或者蹲坐着，为他们守灵。

晚风开始撕咬起仁奎的肩膀，通向殡仪馆的小路上茂密的树木晃动着繁茂的枝条，仿佛马上就要向仁奎倾倒一样。仁奎踉踉跄跄地目视着这一切。

经过一段用水泥铺出来的小坡，位于地势较高的地方便是医院的住院部，仁奎瞥了一眼楼房对面的首尔夜景，昏黄又泛着红的灯光孤零零地闪烁着。

对着一次又一次扎向肉里的指甲，他却毫无办法。

住院部的整栋楼看起来有二十多层，楼房的每一层都只有一两处亮着灯。死人在的房间里，灯都是透亮地开着，病人所在的房间却是黑着的，就像一扇一扇的窗户都累得合上了眼，又像是被套住的许多野兽边睡觉边等黎明到来一样。

母亲一定就在住院部的八楼。仁奎把仰起来的头垂了下去，看了一眼手掌心，他的人生就在他那个带着伤痕的手掌里了，他的命运也在他的手掌心里了。

宽敞的楼道又黑又寂静，有两个做护工的男人蹲坐在五十米开外的地方抽着烟。一位拎着包的少妇打开玻璃门后，朝大楼里面走了进去。

不知从哪里传来了刺耳的哭声。

仁奎想，可能是谁死了吧，或许是谁正在生孩子。他还想，这个夜晚即将结束的时候，自己要是能从那个地方重新生下来该多好呀。

仁奎朝住院部大厅跑了过去。疲惫的脚总是踩空，空气在舞蹈，呼吸越来越急促了。

金达莱山脊线

为了找月租房，正焕和城郊的一家房地产中介第一次来到这个房子，是在傍晚时分。当他们迎着腊月的寒风，顺着斜坡走上去时，房子的大门敞开着，院子里正燃烧着一堆篝火。

一百坪左右的地皮上，有数十个挖掉树根以后留下的土坑。离围墙近的地方丛生着玉兰树和干枯的金达莱灌木。滚滚火焰中，能看到龙柏树和枫树的枝干与根部。

"偶尔会那样烧一烧树木。"

房地产中介一边整理着夹克领，一边用下巴指了指蹲在篝火旁的男人说道。男人看上去有四十好几。被火光映红的斑白的头发，在他脸上投下了忧郁的阴影。气温已到零下，但他还穿着单薄的秋冬季运动服，粗糙的脚穿着一双旧拖鞋。旁边胡乱放着一把生锈的铁锹和一个空的烧酒瓶。

正焕走近男人时，一根约三尺长的树枝被烧断后，掉入篝火中。火变得更旺，在静谧的冬季空气中升腾。

正焕对这房子不是特别满意。虽然押金很便宜，有一个房间和一个还算干净的洗漱间，但缺点是，去地铁站要坐八站公交，这里离公交站还需要步行十几分钟。正焕也不怎么喜欢挖掉树根后留下的坑。可相反，如果这房子有一个整理得很干净的院子，并且还能听到孩子们在院子里嬉戏打闹的声音，正焕也许就不会签约。对正焕来说，像这样荒凉、被遗弃的氛围，反倒给了他一种亲切感。

看房子后的第二天，男主人、正焕还有房地产中介三人在客厅里盘腿坐着。客厅很冷，身上穿着大衣也觉得冷飕飕的。客厅的墙壁上没有装饰品或画，就连挂历都没有一张。一个破旧而笨重的书架就是屋子里唯一的家当。男主人在合同上签下了自己的名字。他姓黄。签完合同后，老黄并没有很礼貌地把他们送到门口，只是简单点头致意，便送走了正焕和房地产中介。

"对他来说，您交的月租金可能是他唯一的收入，记得要按时交啊。"走下坡道时，中介好像突然想起来似的对正焕说道，"虽然看着那样，以前可是这一带最好的房子，树木也茂密得像树林，都不像院子。那时候他还是个挺有能力的人……"

房地产中介说起了正焕没问过的事情，他称房东老黄原本有妻子和一双儿女。他的大女儿患心脏病后，老婆就带着健康的小儿子离开了家。老黄把女儿寄养在远房亲戚家，整整一年为寻找妻儿奔波，结果空手而归，又得知女儿病危。年幼的女儿在医院花光家里的积蓄，三年前病逝了。从那以后老黄就无所事事地过日子，不知道这三年他是靠什么活过来的。这所房子在盖的时候就打算留个房间出租，可是女儿死了以后，却一直闲置，老黄独自一人生活到现在。

"当时，这一片因为地势高，还出不来水，每天清晨，大家都拖着大水桶，出来等水车。老黄时常给嘴唇发青的女儿穿上厚厚的衣服，围上围巾，背着她站着。看到的人都同情和心疼他们的处境。女儿死后，年纪轻轻的他就成了那个样子。唉，他好像才四十呢……"

正焕因为不想过问老黄的事，对中介的一番话，只是心不在焉地点了点头。在这宽敞又冷清的房子里独居的中年男人，有不寻常的故事，这是一开始就能预料到的。对正焕来说，他只是需要一间能安放自己疲惫身躯的房间。

自从正焕搬进去之后，白天的时候，老黄就会给铁门留一条缝，到了晚上，就把锁门装置调松，只要一使劲就可以推开。老黄似乎对给他开门这件小事都嫌麻烦。为此，正焕心里有些不爽，但其实对租户来说，这样反而舒服和自在。

通过单独建在房子西侧的洗漱间，可以出入正焕的房间，他的房间和房东家的客厅隔着一扇胶合板门。正焕下班回到家，总能听到隔壁客厅里的电视声，电视似乎没人在看，更像是习惯性地开着。

每天清晨，从院子里传来跳绳之类运动的声音。而当正焕出门上班时，老黄经常身穿运动服、坐在土坑前休息。那时，正焕都会和老黄打招呼，老黄却没有回应，总是面无表情地看着他，然后将视线转移到土坑里。这个男人好像在一天当中只有吃饭时才会张开嘴。

　　正焕搬到这个位于城郊的房子后，上下班的时间变长了。结束一天的工作，爬上坡道，用力推开生锈的铁门后，正焕时常会靠在大门内侧，静静地望着暮色降临的院子。每当这时，吸引正焕的是一个个耸立在坑里面的树木幻影。尽管时值冬季，那些幻影却都是春天的模样。玉兰花和丁香宛如姑娘摇曳的腰身，发出的香气弥漫在荒凉的院子里。正焕的视线停留在那些金达莱上时，幻影变得更加丰富。正焕入迷地望着火红的花海，竟然没察觉自己冷得直哆嗦。

　　那个景象像极了正焕九岁那年的初春逃离家乡，等待第一班开往车站的公交车时看到的风景。坐落于小城市山脚下的房屋之间，黎明来得格外慵懒。正焕看到金达莱山脊的后山脚下像烽火一样燃烧的火焰般的花海。它和满嘴染着金达莱花颜色的"鼻涕虫"妹妹——正任的脸，重叠在了一起。

　　公交车迟迟未到，正焕跺着冻僵的脚。他焦躁不安，生怕母亲比公交车先一步赶来，将他揪住。他并没有意识到这会是最后一次站在家乡的土地上。他脑中只有一个念头，就是赶紧逃离。他必须逃离母亲那双攥紧他的手，逃离随时可能扑过来的醉酒的父亲那宽厚的巴掌,逃离只会带给他愧疚感的妹妹正任那痴呆的脸庞。昏暗的四周逐渐转亮,映衬着金达莱山脊逐渐燃烧般明亮起来,正焕感到一阵恐惧。公交车刚一到站,他便气喘吁吁地跑过去坐上了车。

正焕开始对老黄产生兴趣,是在第二年一月严寒来临的某个晚上。

正焕仰起头,将药袋里残余的药粉一口倒进嘴里。天花板壁纸上的细小的菊花图案仿佛掉落下来,盖住了他的脸。冰冷与黑暗蔓延开,那是正焕与药一起吞下的、积压已久的妥协。

正焕抹去嘴唇上残留的药粉,然后像胎儿一样蜷缩着躺下。他翻来覆去,等待体温将冰冷的被窝焐热。

这天正焕的状态格外不好,吃了药,胃痛却还在继续。正焕每周都会去公司附近的医院,抓这个药吃。这天下午,他听到同事们的闲聊后,就一直甩不掉不悦的心情。

"正焕,你的病怎么看都像是神经性疾病的症状,年轻人怎么还会有别的原因啊?"

正焕突然放声大笑。他本想说一句"喂,我是真的生病了",却又咽了回去。

"如果那药有效果的话,大概也只是心理作用吧。听说有些内科医生也会开镇静剂。"另一个同事说道。

"也是,这世道,不发疯都算万幸了。我啊,以前不这样,但最近脾气变得很坏。像在地铁那些地方,要是有人插队,我就想大声吼他,想抓住他的衣领骂:'你这小子,在哪儿插队呢?'……"

默默听着的正焕和同事们一起笑了,但心情却莫名有些低落。下班后,他独自留在无人的办公室。从窗户望去,茶馆和酒馆的招牌上,红蓝色的霓虹灯在不停地闪烁。不远处的音像店里传来迟到的圣诞颂歌。

直到快晚上十点,正焕才关掉办公室的灯,锁好门,离开了大楼。正焕朝着没有人等他的房间走去,一边沿着长长的斜坡向上爬,一边仰望亮着的路灯。灯罩内满是灰尘,发出微弱灯光的灯泡在凛冽的寒风中闪烁着。

客厅里电视机一直开着,过了午夜终于安静了下来。寂静的院子里只有关灯的声音和锁门的声音,正焕一如既往地听着这些声音,寻求能将他从痛苦中解救出来的深眠。各种思绪逐渐沉淀,他期望醒来时能迎来一切都整理好的早晨。正焕放松全身,等待着那些一直以来支配自己人生的顽固而无用的希望,能随着夜晚的昏沉消失。

这时,传来了低声抽泣的声音。起初,声音小到让人以为是幻听,随着声音逐渐变大,正焕睡意全无。他起身,把耳朵贴在门缝上,听到关浴室门的声音。混杂在流水声中的啜泣并未消失，反而更加激烈地撕裂了午夜的寂静。

正焕都不知道自己是以什么样的心情去开的门。他被一种难以理解的力量所驱使，自从搬进来，他第一次打开了通往客厅的门。

签合同的时候，通过玄关去过的那个印象中空荡荡的客厅，此刻却意外地透出一种昏暗却又梦幻的氛围，令正焕很惊讶。这都是因为烛光，沿着客厅的墙壁，一排形形色色的蜡烛燃烧着，绿色、红色、淡紫色的蜡烛，长短粗细各异，将正焕的影子分散成多个部分，在墙壁上诡异地摇曳着。

可能是因为正焕发出的动静，哭声突然停了。

"您……没事吧？"

没有人回答。正焕仿佛看到自己呐喊的影子。他无法靠近浴室，更无法转身再次打开自己的房门。他的那些影子在呐喊着——回去，快回去，回去啊。

按照影子的命令，关上门，回到房间时，正焕的心跳得很快。这一百坪的独院儿里，只有死亡一般的沉寂。

会不会是幻听？

正焕无法确认自己听到的是否真的是老黄的哭声。是不是听到了梦话呢？正焕怀着疑惑侧躺了下来。

疼痛丝毫没有减轻。

正焕心里突然冒出一个想法：这些年来医生给他开的药会

不会是安慰剂？这个念头强烈地攫住了他，几分钟后，他几乎确信了这一想法。正焕将一周的药全部丢进了垃圾桶。

因为痛苦将持续下去而又无处可以缓解的这种焦虑，正焕在狭小的房间里来回踱步。他扶着墙长叹了一口气。为了平复不知是由于疼痛还是抽泣声引起的剧烈心跳，他坐到书桌前。昨晚被他翻出来后扔在一旁的照片就在那里。他拿起了那张照片。

照片里是一个脸色苍白、眼睛细长的少女，她的表情介于笑与哭之间，似乎带着一丝苦涩。少女身穿略显肥大的灰色外套，手里捧着一束花。身后是水泥砖建筑和石山。即便闭上眼睛，正焕也能在脑海中还原这张照片的每个细节。他用拇指轻轻抚摸少女的脸。随后，带着无可奈何的、无助的希望抬头望向半空。菊花图案的墙纸在冷风中无声地摇曳着。

正任啊……

你在哪里长成了如此穷困的脸，现在又在哪里用这张穷困的脸生活着呢？

正焕把相片翻过来，放回了原处。他弯下腰，从垃圾桶里拿出药包，在嘴里含了一口水，停留几秒后，将两剂药粉一口吞了下去。

正焕遇见养父，是在他逃离家乡后，在几个中小城市间辗转了一年以后的事情。

　　身为教会长老的养父为人善良，但同时也极其严厉。养父膝下有十几个和正焕处境一样的孩子。养父让孩子们帮忙管理寄宿设施附属的农场，等他们高中毕业后就会毫不留情地让他们独立，他坚持着这个原则。

　　遇到养父的正焕是幸运的。正焕受到了优质的基督教式教育，从未遭受虐待或强迫劳动，因此不必再去考虑回到家乡的事情。

　　正焕以半工半读的方式勉强完成了大学学业。当家教工作中断、付不起寄宿费时，他便在研究室或教室里借宿两三个月。正焕很少对人提起自己的成长经历和家庭环境，所以连关系比较好的同学也不了解他的情况，这便是正焕所选择的孤独。正焕的人生是由"秘密"组成的。从他偷偷下决心逃离贫穷和暴力交织的家庭那一刻起，"秘密"便成了他人生中维系一切的中心轴。

　　幼年的正焕在躲避欺生而乞讨的公交车上，第一次遇见了养父。养父抓住了正焕为讨要硬币而伸出的手腕。被问起故乡和父母时，正焕为了抽出自己的手腕，用力踢了养父的小腿。"没有！"正焕喊道，"我没有那种东西！"直到养父因高血压病逝，正焕都没有和他提起过关于他所抛下的故乡和家人的事情。

养父举行葬礼的时候，正焕已经大学毕业，正作为二等兵参加训练。正焕得到特许外出，参加了葬礼。他惊讶地发现，比想象中多得多的养父的儿女们聚集在他的农场，看上去有五十多人。在这些兄弟姐妹里，陌生的面孔更多。他们看上去很开朗，但脸上似乎都带着一种同类才具有的阴影。

正焕无法融入他们。他们都在以某种方式爱着养父。而正焕虽然不恨养父，但也并不爱他。对内心早熟且扭曲的正焕来说，养父只是一个在世界的某个角落抱着世人无法理解的信念而生活的人。上大学后，正焕偶尔来农场时，总能感到养父的人生像随时都可能消散于这个世上一样脆弱不堪。养父的家里，弥漫着那种奉献和自我节制的严肃而忧郁的气氛。而正焕的贫穷、千疮百孔的校园生活和青春、因积压太久随时都可能会爆发的脏话般的孤独感，让他在那里格格不入，像是被排除在外的异物。

但是当养父的葬礼过去了六个月，正焕第一次休假出来时，才意识到曾经认为与自己毫无关系的养父的死竟夺走了他在这片土地上唯一的"家"。部队首长送给第一次休假的士兵每人一捆平菇，正焕提着它在站前徘徊，感觉捆着平菇的细绳扎进了指关节里。

那时，他想起了他的故乡，那是他十几年来都未想过要回去的故乡。当正焕真正坐上火车时，他的心里掀起了波澜。

时值春天，正焕的故乡是终点站，于是他放松地将头倚在靠背上，想象着故乡的变化。

当正焕乘坐的列车经过养父家农场所在的中小城市，看到连翘盛开在这破败而熟悉的车站前时，正焕突然感觉到有一滴泪水顺着脸颊滑落了下来。

正焕的故乡没有被开发，还是从前的样子。正焕明白了小时候觉得宽敞又复杂的路其实就是又简陋又肮脏的小巷。曾经开满花朵的金达莱山脊，随着人们逐渐扩张用地，那份强烈感也减弱了。

正焕能够拿到正任的照片，真是件奇迹般的事。他住过的石棉瓦房已经被拆除，取而代之的是一栋二层楼房。房子的主人也换了，任何地方都没有留下他的家人曾经生活的痕迹。

他并不是没有理性地预想过这种情况，但对正焕来说，抛弃故乡和家人是他自己的意愿，并不是被他人所迫。所以一直模糊地想象着，无论何时，只要自己改变主意回来，像烂泥一样的情景会一直留在那里。然而，在那些东西真正消失后，他仿佛觉得自己的出生和成长只不过是一场偶然。

正焕在街道办找到了父亲十五年前去世的记录。奇怪的是，父亲的记录里没有婚姻登记，因此也没有母亲和正焕两兄妹的个人信息。正焕唯一的收获，就只有据说是自己叔父的八十岁老人的家庭住址。

"都走了,全都走了。"

患有老年病的叔父躺在床上。他说不了话,也认不出任何人。作为护理人的过于年迈的婶婶握住正焕的手,似乎还记得正焕小时候的样子,连连咂舌道:"你长大了,现在都快认不出来了。"

婶婶告诉他,父亲在他逃跑那年的初冬,因酗酒去世了。不到一年,母亲便带着痴呆的女儿改嫁到了遥远的城市。

"是马山……还是蔚山……"

从脸上长满老年斑的婶婶口中,正焕只了解到母亲姓崔,还有不确定是几年前,母亲从这里路过时和婶婶见过一面。婶婶说,当时母亲说还要搬家,脸色看起来十分疲惫。

因为婶婶劝阻说给病人行大礼不合适,正焕没能跪拜叔父。他只留下生硬的客套话,将那捆让他的手掌疼了一整天的平菇硬塞给了婶婶,然后走出了大门。这时婶婶追了出来,她手里拿着一张照片。那是几年前母亲来访时留下的,是正任的初中毕业照。母亲苦笑着说,正任的情况在慢慢好转,初中也毕业了。婶婶的脸上闪着光彩,满是皱纹的面孔仿佛在自豪地说:"怎么样?我还是挺有用的吧?"正焕连连弯腰致谢,接过了那张照片。

正焕将照片放进胸前的口袋,登上了金达莱山脊。不知不觉中,能冻掉耳朵、冻到脸开裂的练兵场的冬天过去了,世间迎来了春天。站在这片仿佛一直都洋溢着春意的山脊上,正焕突然意识到,从那一天起,他的人生已经改变了。

回到部队后,在跑步、睡眠不足和体罚中,正焕时常想起他那像蛛网上凝结的露珠般模糊的童年。在休息时,他总会拿出印有正任脸庞的照片看。

"爱人?"战友在背后偷看着照片问,正焕笑了。

"不是。"正焕回答道,"我妹妹。"

战友们起哄道:"别瞎说了。哎哟,真苦了你了,那得养到猴年马月啊?"

那一刻,正焕体会到难以抑制的喜悦。他为了忍住那份喜悦,既没有承认,也没有否认,只是抖动着肩膀无声地笑了。

每当申请到假期,正焕都会跑遍马山、蔚山及整个庆南一带的女子初中,翻找学籍簿,也没有忘记把照片中的校园景色和实际学校进行比对。当然,从一开始他就没觉得这件事情会很简单。"正任"这个名字可能只是家里的昵称,母亲改嫁后也有可能给妹妹登记了别的名字。那张照片不过是一个场景,而且还不是特写,不容易与其他面孔区分。然而,每次空手而归回到部队时,他都会深深地绝望,甚至连和照片相似的面孔都没能找到。

退伍后,正焕一直无法收心。寻找母亲和妹妹,对正焕来说已经变成了无比沉重的负担,甚至让他再也无心去做任何事情。正焕拜托警察和区政府的工作人员，开始了正式寻找母亲和妹妹的行动。他多次登广告，甚至请求社会部记者将它作为一篇报道刊登出来。那是一场艰苦而漫长的战斗。他像大学时那样做家教补贴生活，家教工作断了，就去做苦力活糊口和攒路费。赚钱期间，他辗转于廉价简陋的寄宿房，攒够了钱便辗转于全国各地的旅馆之间。

正焕的身心在"无法继续下去"和"决不放弃"之间撕扯，可能永远找不到了，找到了又能怎样？但如果没有她们，我现在又算什么呢？

什么都不是。什么都不是。

经历交战的心灵，如同冬日田野里烧成灰烬的谷垛般荒凉不堪。正焕因无法忍受的焦虑，独自到夜间酒馆喝酒。他将无处倾诉的孤独注入酒杯，陷入了沉思：拯救是什么？寻找母亲和正任的执念和需要这几杯酒的心情，又有何不同？

当正焕终于找到一份稳定的工作时，他已疲惫不堪，并患上了原因不明的肠胃病。

他努力说服自己，那只是一场梦，她们的存在也不过是虚幻。然而，他有照片证明她们真实存在过，甚至在这一刻她们依然在这片土地上的某个角落呼吸、吃饭和睡觉。只要这张照片存在，正焕就无法彻底死心。

这些年，正焕无情地驱使了自己那渺茫的希望。就像马戏团驯兽师不喂养熊或猴子，只用鞭子驯服它们一样，正焕肆意地摧残和消耗着自己的希望。但奇怪的是，那希望并未死去。折磨正焕疲惫身躯的并不是绝望，而是盲目的希望。它是一种与意志或可能性无关的情感。

就像花心的男人经常被女人迷住一样，正焕无时无刻不被那原始而令人厌倦的希望所困。风一吹，他便燃起希望；天气回暖，他又生出希望。在街上看到一家人欢笑着走过，他感到有了希望；看到和正任年龄相仿的少女们成群结队走过，他又有了希望。看到鸟儿从电线杆之间飞起来，他还会抱有希望；看到孩子们在空地上跑闹，他也会看到希望。"想找到她们，我一定要找到她们。"正焕在四处都能听到那诱惑着他希望的执着的声音。

几个月来，规律的职场生活让病情有所好转，但很快又再次恶化。这时，正焕结束了长期寄宿和漂泊的生活，签下为期一年的合同，租下了这个房子。他只是想好好休息。每次吞药时，他都把妥协一并咽到了肚子里，因为他深知，唯有如此才能压制那盲目而无力的希望，从而治愈他的病。

第二天下班回到家时，正焕看到一棵玉兰树正被火焰包围着。和第一次见面时一样，老黄蜷缩着坐在篝火前。

此后，每隔三天，正焕就能听到老黄的抽泣声。那件事让他非常难受。正焕知道，在这偌大的房子里，除了他们两人之外，没有其他生命体。他常常捂着疼痛突然加重的肠胃，躺在地板上，焦急地等待抽泣声渐渐平息。

一天，忍了很久的正焕想打开门时，感觉到了强烈的反冲力。门那边好像用很重的东西支撑着，他知道那是老黄故意所为。老黄似乎在用这种方式郑重地责备正焕第一次听到哭声那晚的无礼行为。

正焕无法理解老黄的行为。老黄每天早晨都会坐在自己挖的那黑黢黢的土坑前凝视着。哭过以后的第二天，他总会烧掉一棵树。无缘无故地烧树固然奇怪，但老黄还把树连根挖出来再烧，他想不通老黄这么做的理由。每当看到老黄明明在夜里哭过，现在却摆出僵硬而无表情的脸，正焕感到厌恶的同时，又有一种同病相怜的复杂情感。

事情发生在一个星期日下午。

前一天晚上，老黄的哭声特别响亮而激烈，正焕到了凌晨才勉强入睡。将近中午醒来时，他舔了舔干涩的嘴唇，走到院子里。

重重叠叠的金达莱树正在燃烧着，数量多得无法估算。正焕吃惊地走到火焰前，那并非幻觉，是真实燃烧着的金达莱。

"为什么要烧掉它们？"

正焕第一次生出想要阻止老黄的念头，磕磕巴巴地说出了

第一句话。每次看到茂密的金达莱树时，正焕都会感到朦胧的乡愁和喜悦。这让他联想到春天即将到来，而春天一到，这个院子也会开满红花，那种简单的满足感让他感到安慰。

老黄抬头用充满血丝的眼睛看向正焕。他的身上散发着淡淡的酒味。沉默许久后，老黄用若隐若现的声音嘟囔道："好看，不是吗？"

是的，它们很美丽，那些灌木在惊人鲜艳的火焰中深情地抚摸着彼此。

"可是……"正焕抗议道，"马上就到春天了，会开花啊。"

"所以才要烧掉。"

老黄似乎不想再理正焕，将视线停留在篝火里。火星在空中闪烁后消散，老黄的脸就像戴了面具一样阴郁而冷静。

正焕突然有了想要揪住老黄衣领的冲动。

哭啊。

正焕低头注视着老黄垂下的脑袋，将涌到喉咙的怒骂硬生生咽了回去。

哭吧，像昨晚那样，像往常那样。

每次被父亲殴打后，正焕都会拼命打赢街上的孩子们。所有孩子都被正焕揍到流鼻血。甚至还有一个孩子被正焕从高处推下去，摔断了胳膊。正任没有成为像正焕一样的打架高手，却变成了一个贪吃鬼。她贪吃到干呕后还不停地往嘴里塞食物。每次遇到这种情况，正焕都会打她，抓住她的手，努力阻止她那荒唐的自毁行为，但都无济于事。"傻瓜，你这个傻瓜，别再吃了！"

正任反复着吃完又吐的行为，有时会抬起那张呆滞的脸望着正焕。她的眼中没有表情，只有对食物的渴望，以及因自己小小的内脏无法承载那巨大欲望而流露出的淡淡悲伤。正任就这样茫然地凝视着正焕的脸。

"曾那么喜欢树……"

像睡着了一样坐在那里一动不动的老黄，像做梦似的喃喃自语道。他的声音低沉粗糙，像是被劈开的木柴断面一样。

"……化成灰烬了。"

老黄用铁锹将紧紧缠绕在一起的树木的根部分开，试图让它们从树干到根部燃烧殆尽。

"都烧完，灰飞烟灭了……"

狂风袭来，顺着正焕的背脊扫了过去。火花伴随着呼啸声腾空而起。瞬间，正焕仿佛看见那个曾经趴在老黄背上的小女孩的幻影。那个小女孩就像在老黄背上扎根生长的树苗一样。老黄的脸看起来不像是属于这个世上的人，似乎他的灵魂早已离开这个世间，只剩下肉体孤零零地停留在这里。

他是怎么熬过春天、夏天、秋天的呢？正焕的脑中突然闪过这样的想法。老黄的身影和这个荒凉的冬日庭院实在太过相衬，让人觉得如果这里迎来春天，他会变成完全陌生的事物。剩余树木的数量，在肉眼可见地变少。在春天到来之前，那些树木恐怕会被烧光，而老黄的身体也注定要消失在冬日冰冷的土坑里。正焕感到莫名的恐惧。

疼痛一天天加剧。疼得忍无可忍时，正焕便会含着温水爬上办公室的天台。进入二月以后，天气转暖，风和阳光都显得格外清爽。视野开阔的地方，城市街道和只剩下骨架的路边树似乎在无声地安慰他。

正焕俯瞰这条十分熟悉的街道。下雨、下雪、刮风，以及天空蔚蓝时的风景，他都见过。

正焕觉得与那些毫无疾病的人一起坐在办公室里，是一种折磨。和他们谈笑风生更让他感到抑郁，还不如独自站在天台上，回顾自己的过去和没有明确理由的委屈。这样短暂放松心情后回到办公室，混浊却温暖的空气又会让他窒息。每当这时，正焕都会苦涩地告诫自己：不能离开这里，这里才是供我吃供我穿的家，是我的家人，也是我的世界。

树木一棵接一棵被烧毁。靠在大门望去，曾经那耀眼的红花幻影，如今只剩下一棵金达莱树孤零零地立在那里。将它们一棵棵烧毁的老黄，仿佛是在无人看到的世间角落里，将自己的生命一点点丢到火里烧毁。老黄身上淡淡的酒味日渐浓烈，甚至有时可以看到他跟跟跄跄从坑前站起来的模样。这天早晨，正焕走出大门时，甚至感觉到一阵紧迫感。春天将至，老黄的冬天也即将结束，这种念头像早春时浮上河面的碎冰裂面一样，冷冽而尖锐地划过他的脑海。

这天下班后，匆匆回到家的正焕看到了傍晚院子里的金达莱树，围绕着它的数十个土坑张着阴险的嘴巴，吞噬着落下的夜幕。

打开门锁，走进房间后，正焕蹲在冷到牙齿打战的洗漱间里，用冷水洗了脸和脚。吞下药后，他坐到胶合板门前，把背靠在厚重的门上。那扇门没有发出吱嘎吱嘎的响声。正焕想象着门的另一边，老黄缓慢的脚步声，一个人煮饭，吃饭，到了晚上打开电视，像举行祭祀一样一根一根地点亮蜡烛的日子。

在这扇门的另一侧，一个男人独自吃饭、睡觉、喝酒、低声哭泣。

靠着门，正焕陷入了无法形容的感觉中，就像他在半工半读期间为了躲在研究室里睡觉，将门反锁时清晰的金属声回荡在静谧冰冷的室内一样。

吞下一袋药还不到一小时，正焕的肠胃又开始绞痛。客厅的电视里传出阵阵笑声，是一种很机械很僵硬的笑。除了那笑声，没有听到任何动静。正焕嘴对着水壶嘴，咽下令人作呕的温水。"是安慰剂。原来一直是靠安慰剂撑过来的。"他喃喃自语道。

那天，父亲把母亲打得半死不活。正焕和正任想要劝阻疯狂的父亲时，也成了父亲殴打的对象，他俩最终逃到了金达莱山脊上。正任的脸裂开，渗出红色的血迹。正任嘴里一边喊饿，一边吞嚼着花瓣。正任走过来的地方，都留下了她手够得着的痕迹。太阳徐徐落山时，正任咬着染得暗红的嘴唇抽泣着。"哥哥，我饿了！"正任一屁股坐在地上伸直了双腿。

"那你回去吧。"正焕忘了正任还跟在自己身后，随口回答道。在这春芽和嫩叶尚未萌发的静谧山脊上，隐隐传来水流声。那声音是从哪里来的？是不是昨夜的大雨冲出了新的水道？清澈的流水声在温暖如巨兽背脊的大地之间流淌，像耳鸣般回荡在正焕的耳中。正焕看见向落幕的天空高耸的枯树枝干，感叹道："树木的骨架真美。"湛蓝的天空和挂在那里的一颗星星，让他不由得出神，"天空可真美。"

"哥哥，走吧。"

正任拉着正焕的袖子。

"你自己回去！"

正焕瞬间失去了水声传来的方向。正任嘴角沾染的金达莱花汁、她无法控制的食欲、家、母亲的惨叫声，全都如洪水般涌上他的脑海。正焕短暂地遗忘了这一切，但此刻，那些压抑的愤怒终于爆发了出来。"滚！不要烦我！"

正焕失控地打了正任一巴掌，正任尖叫着哭了起来。正焕快步登上了山脊，他将正任的哭声抛在后面，跑了起来。他抓起那些娇嫩的金达莱花用力撕扯。水声，要找到水声。但隐约的水声不知何时消失了，只剩下正任刺耳的哭声深深印在他的脑海里。他指甲缝里的花汁似乎再也无法清洗干净。

那天晚上，满身泥土下山的正焕，独自一人在学校操场玩起了秋千和滑梯。正任那娇嫩脸颊的弹性清晰地留在他的手掌心。他为了抹掉它，一头躺倒在摔跤场上数星星。等到他回到家时，母亲没有给他打开那扇木门。原来正任在天色渐暗的山里迷了路。据说，年幼的正任遍体鳞伤地徘徊在山中，多亏被山上一户以非法开荒为生的人家发现并带了回来。早已疲惫的母亲对儿子不负责任感到十分生气。

"这儿不是你的家，别回来。"

正焕一把鼻涕一把泪地敲着大门。

"妈妈，我错了，我再也不这样了。"

夜深了，早春的夜晚依然寒冷。正焕的身体同样伤痕累累，此刻，他渴望母亲温暖的笑容和铺好被褥的炕头。然而，门并没有打开，传来的却是母亲洪亮而冰冷的声音。

"你不是我儿子！"

哭累的正焕靠着大门瘫坐了下来。黑暗中，清冷透明如细小冰柱一样的星星在闪烁着。

"这儿不是你的家。"

那时,正焕明白了,这句话意味着,他赖以生存的虽然破旧却温暖的房间和一日三餐再也不属于他了。

"你不是我儿子。"

这句话意味着,母亲那带着甜香味的裙摆和蘸着白糖的油炸锅巴,还有湿润的亲吻,都不再属于他了。

他是孤独的,这是他人生中第一次感到孤独。那时正焕茫然地想,我没有家。他没有预料到,这个念头会支配他的一生。

他把脸埋进了双膝之间,脏兮兮的泪水顺着脸颊流了下来,他没有擦掉眼泪。正焕突然安静下来,母亲因为担心,才给他开了门。那天夜里,正焕在冰冷的被窝里翻来覆去,下定决心三天后离开。他打算这三天里安分守己,让所有人放松警惕,然后再逃跑。他还计划着如何偷出足够的钱以便路上使用,并发誓绝不会告诉任何人这些想法,那一夜他彻夜未眠。终于在三天后的清晨,正焕站在大路边等待第一班车。他脑中并没有去寻找什么的念头,只有离开的念头。金达莱山脊正值季节的巅峰,在黎明的微光中燃烧着一片火红。那情景与正任尖锐的哭声交织在一起,撕裂了正焕的胸口。

当正焕揣着正任的照片四处寻找时,他时常发现自己回到了那个清晨踏上公交车的瞬间。他记得那时揪住他幼小心灵的模糊的悔意，但同时也坚定了无法回头的觉悟。正焕偶尔会反复思考，自己在那片暮色笼罩的山脊上抛下的究竟是什么。

可能不知不觉睡着了。正焕突然被冻醒，他听到客厅里电视节目结束后的刺耳杂音，却听不到任何人的动静。不祥的沉默和电视的机械声让正焕感到一阵强烈的不安。

正焕扶着门站起来，郑重地敲了门。确认没有反应后，他便用双手敲得更加用力，最后开始推门。门后似乎靠着极重的东西，他使出了浑身的力气。

随着一声巨响，门后的物品终于倒了，那是一座书架。正焕这才看清客厅的景象。沿墙摆放的蜡烛正燃烧着自己的烛芯。正焕用脚扒开地上散乱的书，走了过去。高矮不一的烛光扭曲地摇晃着正焕的影子。

推开卧室门，黑暗仿佛盘踞的毒蛇般冲出房间，扩散到整个客厅。一床凌乱的被褥和几件衣服散落在床上。正焕迈进房间，就听到十几个空烧酒瓶被他踢碎的声音。老黄不在里面，他打开浴室的门，从开着的窗户吹来一阵夜晚的冷空气。

正焕拨开散落的书本，跑到了院子里。老黄醉得一塌糊涂，正在挖最后一棵金达莱树。老黄呼哧呼哧地喘着粗气，用铁锹翻挖着泥土，随后扔下铁锹开始徒手刨地。他身边环绕着深邃漆黑的坑，仿佛下一刻会吐出凶恶的黑毛野兽。放在老黄脚边的手电筒电量已快要耗尽，微弱的光正微微颤动着。

"不要再继续了!"

正焕抱住了老黄的腰。

"为什么这样,为什么要把树拔出来?"

老黄气喘吁吁地甩开了正焕的手臂。

"别碰我。"

他的嘴里散发着浓烈的酒味。

当正焕想要抓住想继续挖土的老黄的手时,他怒吼着推开了正焕。

"因为你,树根都坏了!"

老黄醉到已无法支撑自己的身体。微弱的灯光下,老黄的眼睛在发着光,他像是在保护它一样,摇摇晃晃地挡在金达莱树前面。

"请不要烧它。"

正焕使劲推开老黄的肩膀,哭喊道。

"不要烧它!"

突然,老黄的拳头砸向正焕的脸。他的拳头带着力量,但因为醉得太厉害,自己失去平衡,重重地倒在正焕身上。两人纠缠着一起摔倒在冰冷的泥地上,正焕的后脑勺栽进了坑里。正焕直起扭曲的脖子,仰望夜空。院子一边透出来的手电筒光,像被无边的黑暗啃噬般摇摇欲灭。

这时,老黄哭了起来。他贴在正焕身上的身体开始微微颤抖，抽泣声逐渐转为撕心裂肺的号哭。像一头被长枪刺伤的野兽一样，老黄放声哀号着。直到他的哭声逐渐平息，正焕始终僵卧在结冰的土地上，感受着寒冷侵袭着脊背。

他们几乎不约而同地站起了身。老黄拒绝了正焕的搀扶，跟跟跄跄地朝着金达莱树走去。

老黄重新开始徒手挖冻土。终于拔出树的他，用颤颤巍巍的手仔细地抖掉了根部的泥块儿。那动作像是某种庄重的仪式。正焕不敢再上前阻拦，只是茫然地看着这一切。

"我曾经有个女儿……"老黄把金达莱树搬到院子中间，一边调整呼吸一边向身后的正焕说道，他的声音沙哑，带着浓重的醉意，含混不清，"我时常会梦到那个孩子。"

老黄往树上浇了石油，从口袋里拿出火柴盒，点燃了火柴。

"能帮我关掉手电筒吗？"点完火的老黄伸直腰说道。正焕像是中了魔一样，从地上拿起冰冷的手电筒，听话地关掉电筒，黑暗中火焰显得更加明亮。老黄被映红的白发在火焰的热风中微微飘动。寂静无声，就像那无数个日夜一样沉默。

他的背为了保持身体平衡而摇晃，显得格外孤独而宽阔。正焕仿佛看到在他背上冻得发抖的女孩的幻影，她紧紧裹着围巾，苍白的嘴唇轻轻开合，猛然间扑向熊熊燃烧的火堆。

"在一片无边无际的荒原上，连一棵树也没有，她就站在那里，什么话也不说……其实，生前她也很少说话，因为喘不上气，总是很简短地表达。"

正焕看着女孩的身影在熊熊火焰中燃烧。每当跳动的火舌舔舐着她的身体，她便无声地尖叫，随后逐渐消失在树根深处。

"每次我刚入睡时，总会看到她站在那里，像是在用眼神对我说：'爸爸，这里好冷，一棵树都没有。'那时，我都会说：'好，我会送去你喜欢的那些东西，那些你从未能在其间奔跑嬉戏的树林，我会送去……'"

老黄向篝火走近了一步，身体差点栽进火里。

"我相信这些被烧掉的东西，会被移植到她的院子里去。现在，这是我剩下的最后一棵树了，为了让她站着的那片无边的土地开花、流水，还需要很久……"

火焰烧到金达莱树的枝头，无数火星飞舞着冲向黑暗。在那黑暗的另一边，金达莱灌木丛绽放出春日里绚丽的红色，宛如金达莱山脊线。

红锚

1

东植看着马路对面的建筑物,楼宇的间隙有逐渐燃尽的黄昏色彩。有人说,黄昏的另一个叫法是殁昏。自从知道这个叫法后,他每次看到夕阳都会想象,有一双火辣辣的手在黑暗中清洗死去男人的身体,为他穿上衣服,捆上裹尸布。

晚秋,气温日渐下降,寒冷催促着行人加快步伐。东植的肩膀不断被路人的身体碰到,他却毫不在意,哆嗦着矮小的身体,拳头插入西服裤兜,继续待在原地。

他的弟弟东英回来了。

东英归期将至,东植感到恐惧。从一个多月前开始,东植就莫名紧张。今天是星期四,是东英退役的日子。从周一开始,东植的胃就开始疼,也没吃什么特别的东西。他还没走到办公室走廊一角的卫生间,就将上半身靠在脏兮兮的石灰墙上,低声叹着气。每当清晨出现交织着风声的幻听时,他便会低声惊叫着睁开眼睛,醒来时,鬓角都已经被冷汗浸湿了。"儿啊……"年迈的母亲就像照看生病的小孩一样,抚摸着东植已有不少白发的头,"又听到什么声音了吗?"东植没有回答。那个声音仿佛是从房子后院传来的抽泣声,又像是敲打吊窗的声音。"东植啊!""给我开开门……"幻听的声音就那样微弱地喊叫着。

东英的归期是这天下午。早晨,东植在关上单间房门之前,看了一眼叠好被子的昏暗角落。他想起了常常蹲在那个角落的东英那黢黑圆润的身体。窗外透进来的微光会照在东英的后背上,勾勒出柔和的线条。想到今天他回来后就要面对这样的景象,比起亲人重逢的喜悦,东植反而心生担忧。

"周日去郊游吧。"

母亲像刚刚嫁人的新娘子一样异常激动。

"去很远的地方郊游吧,去东英想去的地方。"

母亲早在一个多月前就计划好了一家三口郊游的事。当母亲第一次提出"郊游"时,东植着实吓了一跳。那是相隔十几年才听到的字眼。更让人惊讶的是,母亲的语气就好像每周末都会计划出游似的轻松。

这天早上,母亲在厨房和卧室里穿梭,轻轻哼唱着不着调的歌曲。东英要回来了,她似乎变了个人。直到那天,东植才知道,她是如此期待东英回来。

令人意外的是,东英并没有直接回母亲一直等着他的家,而是先到东植的办公室找他。听筒里传来他熟悉的声音时,东植故作镇定道:"我是文东植……"

"是我,哥。"

那是一个晴朗的下午。街上正好有一支大规模的军乐队,浩浩荡荡、整齐庄严地行进着。轮休的军人们占满了人行道,大步地走着。健壮的首都防卫军,还有化着浓妆的女兵们,以路边树为基准列队,不停分发着印有军队纪念活动日程的印刷品。东英刚要经过,一道响亮清脆的女兵声音叫住了他。"恭喜退伍!""请您参加!"东英犹豫地接过印刷品,女兵们笑了。"想想,现在都觉得可怕吧?""对啊,应该想都忘掉吧?"

东英看似想早点逃离他们,东植就一把拉着他进入了没有人的巷子里。东英一屁股坐在别人家大门前,抽起了烟。

"祝贺你啊!"

远处传来了军乐队的奏乐声。

"母亲很焦急地盼着你回来。"

东英默默掐灭了抽到一半的烟。

为了把东英送上公交车,两人走回到大街上时,路上刚好碰到一群晒得黢黑的海军正哈哈大笑着向东英走来。"哟,祝贺你退伍啊,臭小子!"东英尴尬地笑着,和他们握了手。

东英看起来很疲惫。他的腋下夹着印有粗糙花纹的大礼品包,肩上随意挎着像是新发的军用背包,所以在军人堆里格外显眼。在去公交站的路上，尽管街上非常嘈杂，军人们还是会停下脚步，感叹着用羡慕的目光看向东英。但东英本身似乎还没有切实感受到自由，好像刺眼的阳光让他很不愉快似的，一直皱着眉头。在东植看来，东英无表情的脸上多了几分男子气，只是刻在他脸上的疲惫和孤独，深深刺痛了东植的心。

"你快回去吧。晚上见。"

军乐队的演奏夹杂着农乐的热烈鼓点，震撼着耳膜。东英伸出了明显变得结实的手臂，东植握了握东英力气十足的手，然后拍了拍东英宽阔的肩膀。从远处看，东英那匀称的身材让人误以为他才是哥哥，这使得他们的互动显得有些滑稽。

天色渐暗，东植心想该回家了。他不禁问自己，究竟在犹豫什么？为什么还站在这里？像被钉在人行道上的双脚终于迈向了公交站。东植感到焦虑，他想在暮色完全消失前坐上公交车。这几乎成了他大学毕业后严守的本能准则。

人类祖先的肌肉和牙齿都很脆弱。他们在白天分散开，去狩猎和采摘，太阳快下山时，便不得不回到群居的大本营——山洞里。因为频繁的迁徙多在夜间猛兽熟睡时进行，所以天黑后回来，多半会掉队，而掉队意味着悲惨的死亡。为了生存，游荡在河边和树林里的人类祖先，每当看到燃烧的黄昏，便撇下一切手中的活儿，拼命赶回山洞。这种本能被称为"黄昏病"或"归巢本能"，据说至今仍深藏在人们的潜意识里。

东植经常认为，这个本能盘踞在他内心深处。他觉得，说不定自己就是那个掉队后徘徊在黑暗的树林中，最后被野兽撕扯而亡的原始人的后裔。东植经常让母亲独自守着店铺到很晚，而自己总是躺在单间房里睡着。那种"我现在很安全，不会被任何人侵犯"的感觉，使东植沉入深渊般的睡眠中。东英入伍后，东植的病情逐渐好转，找到工作后逐渐适应了生活的节奏。那个时候，他第一次体会到了完全的满足感和幸福。他也领悟到稳定的生活节奏其实就是完全不可侵犯的空间带来的安逸与平和。

东植顶着干燥而寒冷的风走着。沉浸在思绪中的他，在去公交站的路上，与迎面而来的行人多次碰撞。感到短暂的疼痛时，他都用力咬住自己的嘴唇。东英坐上公交车时健硕的背影浮现在他眼前。他不禁思考，这份恐惧究竟源自何处？快三年了，自己和东英都已改变，那一切已无法重来。

公交车到站了。东植看到在昏暗的灯光下，车厢内的面孔互相挤压变形，满满当当地望着车窗外。他没有向车门跑去。回家后要面对的恐惧，与黄昏逐渐褪去时的恐惧交织在一起，让东植僵立在城市中央，动弹不得。

以前，那条街道是附近最繁华的地方。宽敞的街道尽头不仅有女子中学和男子中学，还有带小学和幼儿园的大规模私立学院。街道两边鳞次栉比地排列着文具店、小吃店、手工艺品店、体育用品商店等店铺，这些店铺里曾满是学生，一整年都不会没有生意做。

东植就出生在这条街上。东植家的店铺是十几家文具店中最小的一家，全家人蜗居在同店铺连成一体的单间房里。因为地皮呈倒三角形，所以店铺的前脸看起来挺大，但柜台后面的房间呈锐角三角形，窄得不得了。

私立学校在各种流言蜚语中倒闭，卖地后搬走了。大概是东英高考前夕，在大学毕业班的东植刚好收到体检通知书。那时东植还是个病人，所以免除了兵役。有些人会被年轻时的彷徨烙上格外深的烙印，东植便是这样。如果问是烙在了灵魂上还是肉体上，东植的烙印就是烙在肉体上的。医生为了吓唬他，说这样下去活不过五年，但在东植听来，这句话像是对一切放纵的判决。他四年多的酗酒和过量吸烟，还有难以启齿的上瘾般出入红灯区，导致了慢性肝硬化。

整条街道白天黑夜不停地骚动着。地价和房价暴跌，人心惶惶。学院被拆除的那天，街道里的人都去看热闹，还有人流泪了。街道变得冷清。拆除两间房后盖起来的文具店，说着一天营业额达到多少多少的小吃店，因学生客人多一到月初就生意兴隆的理发店，都一家家关门离开了街道。留下来的就只有手头上没什么资本，交着月租勉强维持生计的店铺，东植家就是这样。还好过了一年左右就完全清理了，东植家成了街道里唯一的文具店。除了靠近机动车道的体育用品店的位置开了家排骨餐厅，其他店铺也没有改造成住宅，大家都只是拉下铁制卷帘门，闲置好几年。租客们搬走后，房主们期待着邻近城市绿化带的学校旧址可能会建造成像样的建筑或公寓楼，所以还原封不动地闲置着那些没人想租的店铺。

街道中央曾拥挤的四条路，成了旁边小区孩子们玩耍的空地。在没有车辆威胁的空地上，孩子们说着脏话，跑着玩着。东植听着那声音，在单间房的炕头病了一年多。东植那时才懂得肉体的病痛是如何撕咬灵魂的。每次干呕，他就会看到无数爬上和挂在自己的脖子、肩膀、大腿上的鬼魂的样子。自己说过和听过的话、流行歌曲的歌词、从书里读到的所有单词和句子，像耳鸣一样嗡嗡地刨开了他的内耳和脑子。东植体会到了彻头彻尾的疼痛，知道经历过的人将无法变得傲慢了。肉体的无力感，还有无法逃脱无力感的窘境，会让任何希望都不再耀眼。

到了夜晚，孩子们也散去了。曾经灯火辉煌、飘荡着年轻学生们笑声的马路上，只剩凄凉的黑暗抱着团随意游走着。学校所在的空地像墓地一样安静，因为没有人家，没有任何灯光，巷子就像是灯火管制之地或有传染病的阴湿环境。

虽然过去了很久，东植却始终无法适应那条路的黑暗。每当背对着路边排骨店的霓虹灯时,他总会直视尽头荒地那令人恐惧的黑暗。沿着只有两盏昏暗而瘦高的路灯的街道往上走,巷子深处有一家孤零零亮着灯的店铺,便是东植的文具店。从市中心的办公室到郊区时,天总会黑下来,只有一轮蓝月亮挂在天上。他不敢转动僵硬的脖子,拼命想甩掉似乎跟在身后的影子,便使劲跺着脚走路,皮鞋发出重重的响声,径直向前走去。

有时,快到文具店了,东植会看到背着灯光走出来的一个男人的幻象。因为逆着光,男人的脸是全黑的,他的步伐就像是被悲伤和孤独牢牢锁住的人走出来一样,缓慢且坚定。东植知道这是自己的意识造出来的幻象,却也会感到毛骨悚然。

入伍以前,东英每到日落后就会以那个样子从文具店走出来。东植病情有所好转后,明知道是在勉强自己,却还是会坚持去街道的市立图书馆。不能再这样躺下去,这个意识使他站了起来。吃完午饭,在走向图书馆的路上,正午的阳光洒在额头上,对东植来说是一种惊喜。四周环绕的石山,向图书馆的窗户反射着阳光。东植总是占着靠近那个窗户的座位,度过下午的时光。天色从石山的另一边开始变暗时,东植经常被过去的焦躁所困住。当夕阳西下,他走进巷子时,就会在路灯照不到的地方看到从最黑暗处走出来的东英。东植明知道他是自己的亲弟弟,可心里还是会咯噔一下。东英沉沉的脚步里没有一点刚满二十岁的青年那样的浮躁或热情。他像是被另一个男人的魂魄附身了一样。

"去哪儿啊？"东植这样一问，东英就会露出若隐若现的一丝笑。他是个像雾一样的家伙。高中毕业以后，直到收到入伍令前，东英高考失败了四次。不对，"失败"这个词不适合用在那家伙身上。东植从来就没见过那家伙好好学习的样子。就像和黑暗一起扰乱视野的阴湿夜雾一样，那家伙游荡在每条巷子里，等天色破晓，才偷偷回来。

东英连衣服都不脱就倒下来，死睡一整个上午。因为寒意，他会把衬衫的扣子扣到领口，把外套拉链拉到顶，蜷伏着睡在床边。东植和母亲就会把他拉到床上，让他继续睡。他们会帮他解开扣子，脱掉袜子和外套，给他盖上被子，还经常帮他脱掉沾满泥土的裤子，但不知他去了多远的地方。

每次开着灯，和母亲一起脱掉那家伙的衣服时，折磨东植的是母亲绵长又幽静的叹气声。在解开东英的扣子时叹一次，脱掉袜子，抬起下半身，扒下裤子时又叹一次，就这样，在狭小的房间里留下绵长又充满湿气的叹息。最后，把被子拉上来，盖到东英的脖子那里时，母亲会发出最长且最难过的叹息。"这孩子这样，要成为什么样的人啊？"母亲从来不会回应东植急促的声音，"赶紧再睡一会儿吧。""我要出去。""要去哪儿啊？你身体也不好。""太憋屈了，实在不能再和这家伙在一起了。"但是，东植无法起身。

无人居住的街区里，格外寒冷的夜风敲打着吊窗。东植难以忍受那仿佛有人在窗外呼喊的嘎吱声。冰冷的寒气渗入他病弱的身体，让他感到无力的愤怒。这股无处发泄的怒火，最终倾泻在熟睡的那家伙毫无表情的脸上，以及一旁不停长叹的母亲身上。

日上三竿，从沉睡中醒来的东英愣愣地蜷缩在床边。东植病得很严重的时候，那家伙也一声不吭且面无表情地只凝视着黑暗中的一个点。太阳落山，夜幕降临，吊窗在晃动，他就会放开抱住膝盖的胳膊，站起来，穿上外套和袜子，走出房间。

东植有时会大声制止那家伙，也曾撑起滚烫的身体紧抱那家伙的腿。"去哪儿啊？臭小子。"但无济于事。那家伙只是默默站着，等东植喊累了倒下入睡。

那家伙回来了。

东植看着文具店的灯光照出了自己的影子。他看到自己面料单薄的西装和唯一的领带，还有早就该去理的头发。玻璃门两侧密密麻麻地挂着的明星照片和明信片都已很旧了，布满灰尘。风一吹，它们就会小声飘舞。

那家伙回来了。

东植从裤兜里掏出了冻僵的手。那家伙回来，又怎么样啊？东植终于打开了玻璃门。

午夜将近。路灯猛烈地闪烁了几下,发出"砰"的一声熄灭了。东植收起了在灯光下摊开的手掌。以前,他的拇指和小指上泛起过红色斑点,指甲发白,体毛脱落,连腋下也变得光滑。医生曾告诉他,他将在五年内去世。但那个期限已经过去,他却没有死。

"我还没死。"东植喃喃道。

几只野猫突然跑出来,吓到了东植。东植心想,应该回去了。明知道找不到东英,他之前还是从文具店跑出来了。

"东英呢?"

打开玻璃门进到里面时,东植这样问坐在柜台前的母亲。母亲年轻的时候就有很多白头发,而现在已经是满头白发了。她把斑白的头发原封不动地遗传给了东植。

"睡了。"

东植长舒了一口气,心里嘟囔道,好吧,全都变了,那家伙也发生改变后回来了。因强烈的安心感,被遗忘的恶寒袭了上来。

"回来得有点晚啊。"

母亲弯下腰,捡起了掉在地上的圆珠笔。

不知不觉到了八点。

"今天怎么样?"东植用下巴指了指计算器问道。

"还是老样子。"母亲声音干涩地回答道。

东植用新奇的目光环顾了店铺内部。因为生意不像以前那样好,所以高处的搁板上落满了灰尘,一些玩具箱堆在柜台一侧,随意露着棱角。那是和白发母亲完全和谐的一幅画。在那幅画里,母亲说"我去准备晚饭,再给你接点热水洗脸",随即扶着桌子站了起来。

"晚饭就算了,妈妈。"东植慌忙挽留道,"您躺一会儿再出来吧,我想在这儿待一会儿。"

母亲露出了一丝淡淡的微笑。估计她老早就想坐在小儿子的枕边了。看着母亲毫不犹豫地走进房间的背影,东植解开了领带,穿上了母亲脱下的拖鞋。他因长时间哆嗦而变得僵硬的脸颊,试着模仿了母亲那隐约的笑容……脚下传来一阵温暖,就在那时——

"啊,没了!"

母亲从里屋跑了出来。

"您说什么?"

"没了。不知道他什么时候出去的。我一直看着的,就刚才来了辆卖菜的货车,出去过一小会儿。"

母亲踮起了脚。东植粗暴地把头发拨了上去。

"可能是临时出去买东西了吧。"

"不是的。"

母亲看起来要哭出来了。

"看样子出去有段时间了,被窝都不暖和了。"

他们不知所措地站在那里。

"我出去找找啊!"

"别管了!"

母亲终于哭出了声。东植拍了拍母亲起伏的肩膀,哭声平息了下来。他们并肩坐到了柜台前。

九点半左右,有一个扎着两根辫子的少女来买了三本本子,之后就没有再来客人了。时间在流逝。东植在想,空气正在变冷清。

"周末,要把炉子架起来。"

母亲没有回答,东植想起了她说要去郊游的事情。想起这天早上,激动地被她哼唱的曲调时,东植感觉到了向东英涌起的愤怒。

"我们也该马上……"东植犹豫了一下,但还是把剩下的话吐了出来,"离开这里。"

母亲这次也没有回答,好像从哪里传来了狗叫声。声音很快就平息了。风声被门缝夹住,发着奇怪的呻吟。这是一种煎熬的寂静。

就在东植无法再忍受这种寂静时,母亲发出了最让他受不了的一声长叹。东植一下子站了起来,向门那边大步走了过去。

"要去哪儿啊？"

像是要堵住母亲纤细而颤抖的嗓音一样，东植重重地关上了门。

东植朝着学校倒塌后的那片废墟走去。天又黑又冷，他加快了脚步。巷子尽头的路灯灯丝似乎快到寿命了，正微微闪烁着。在被铁丝网封锁的废墟前转了一圈后，他停在那盏路灯下，对自己露出了一丝苦涩的笑容。

他以为这样就能找到那家伙吗？

从小，东英就经常神不知鬼不觉地失踪，而找回东英向来都是哥哥东植的任务。只要有人说看见过小孩，他就会把对面小区，还有隔壁小区的游乐场都翻遍。直到天黑，建筑物一一亮起灯，本能的恐惧使东植的汗毛倒竖，依然找不到东英。他担心永远都回不了家，担心这条与白天全然不同面貌的街道会将回家的路彻底改变，于是，他拼命跑回家。每当这时，他总会看到年幼的东英慢悠悠地从对面走来。那家伙从来没有被东植牵着手带回来过，每次都是自己回来的。

东英是个内向的孩子，一般不会撒娇，也不会缠着别人。上小学之前，那家伙用梦呓似的语气问东植："世界的尽头有什么？"当时东植正在做美术作业。年幼的东英非常想摸一下挤在东植调色板上的颜料。"大海。"东植刚好在涂蓝色背景，直接回答道，"不要把那个放到嘴里。"那家伙把沾在拇指上的蓝色颜料抹在了另一只手掌上。"那大海的尽头呢?"东植放下画笔,拉过来东英的手指,放进水桶里给他涮了涮,说:"就是世界啊。"

那天晚上过了十点,那家伙都没有回来,母亲和东植四处寻找。随着夜深,东植的心里充满了恐惧,在旁边小区的黑暗中徘徊了一会儿,便跑了回来,走到巷子转角处,东植被突然出现的怪影吓得发出了惊恐的尖叫,长着好几只胳膊的怪影正翩翩起舞着接近东植。去派出所报案回来的母亲听到那被撕裂般的尖叫后跑了过来。那个影子不是别人,而是骑在父亲肩膀上的东英。听到隔壁大叔说,去仁川就能见到大海,东英就在首尔火车站附近转悠,回来的路上遇到了父亲。

"哥,爸爸说带我去看大海,说下次郊游的时候一定让我看到呢。"

扛着年幼的东英的父亲半醉半醒,那晚母亲整整喊了一夜。

"你这个人,算什么?我天天提心吊胆的,算什么?"没听到父亲的回答。他唱歌非常好听,但那只能证明他的舌头没有变硬,东植从没听他瞎扯过什么。

"啊啊,无论何时,这心中的浓雾尽散……"

父亲总是在清晨回来,唱着这一句副歌。奇怪的是,直到东植懂事,在他的记忆里父亲都是没有脚的。父亲膝盖以下的肢体模糊不清,他总是摇摇晃晃地飘浮在空中移动着。母亲跑出去搀扶父亲，而尚未入睡的东植小心翼翼地跟在后面时，父亲总是会掐掐东植那惊恐的脸蛋，时而拍拍他的屁股，或者抚摸他的头，然后随便倒在什么地方睡觉。他的拳头上经常有伤口，裤裆经常是被撕烂的。母亲和东植合力为他脱下衣服，脱去那双破旧不堪的皮鞋和袜子时，里面居然有双脚。东植总是觉得很神奇，所以总要摸一摸。

父亲有时会换上一张完全不同的面孔，那就是一家四口去郊游的时候。差不多每两个月一次，他们一家人会在周日关上文具店的门，带上便当离开这个小区。爬山时，年轻的父亲不会踉跄，脚步也显得十分有力。有时，他会背起年幼的东英，也会牵起母亲羞涩伸出的手。

但对东植来说，在大部分时间里，父亲是个可怕的人，怕他像活火山一样喷出来的歌声，怕他进来时笼罩在身上的黑暗。在被窝里蜷缩着睡着的东植，经常会被没有脚的男人在半空中晃动的梦魇吓得尿床。察觉到湿漉漉的他，睁开眼做的第一件事就是确认自己的腿是不是还和身体连着。他曾是运动会上人气颇高的接力赛选手，每当以第一名的成绩冲过终点线时，他都会感谢自己的脚可以坚实地踩在地上。

东植懂事以后，对自己的胆小感到羞耻和厌恶。东植不知道父亲是做什么的。听说他年轻时跟过戏班子，也听说他吹过洞箫，但东植所认识的父亲是个啥都不干的人。如果父亲这一辈子只做过一件实事的话，那应该就是和母亲结婚这件事。他只是每晚唱歌、喝酒。即便这样，对东植来说，父亲都是他不敢轻视或反抗的那种奇怪的存在。

东植为了抵抗内心残存的这份恐惧，不断地抽烟喝酒。他想要堕落。他想要证明自己足够强大，能够不再畏惧迈出的每一步，因此选择了堕落。染病后，因为无法忍受大便时的疼痛，第一次灌肠时，东植忍不住干呕。他一边往漆黑的下水道口吐着胃液，一边想，他要甘愿承受对自己放纵的惩罚。他没有任何怨恨，只是厌恶自己。

东植想起了在店里开着灯、在柜台前打着瞌睡的白发母亲。这是她的习惯。即使在东英入伍后，东植早早下班回家，她依然会把灯开到很晚。在那样的深夜里，几乎不可能会有人走一段又长又阴冷的小路来买文具，但母亲总是接近午夜才关门。有一次东植提起这件事，母亲只是不好意思地笑了笑，说道："可是，偶尔还是会有晚来的客人啊。"但母亲的话显得有些犹豫。母亲不只开着店铺门，她还经常像在等待什么人似的，倚在门口。每当早早入睡后醒来的东植从背后喊她时，正抚摸着自己白发的母亲就会吓一跳，然后回过头露出一如既往的淡淡的笑容。

东植打开玻璃门进去了。母亲在柜台前趴着,脸深深地埋进双臂之中。东植以为她在哭,发出急促的脚步声跑了过去,这时母亲抬起了头,眼角没有泪痕。也许是太冷了,她的嘴唇发青。

东植问:"您现在在等什么人吗?"母亲茫然地看着他,东植发着无名火喊道:"我问您在等谁呢!"

东植打开了房门,空空的三角形内部一下进入了眼帘。因为难以忍受的憎恨,他随意丢掉皮鞋后进了屋。

2

正午的阳光透过车窗洒进来,显得格外耀眼,东植眯起了眼睛。穿过一望无际的盐田后,大巴车沿着蜿蜒的山路行驶着。大巴车开出了很远,没想到从仁川坐船出来还有这么大的岛!

强烈的阳光照在冰冷的肉体上时,东植感受到了难得的自由。暖阳带走了身体的湿气,粉碎了血管内流动的暗红色的小颗粒,东植感觉到自己疲惫的肌肉舒缓起来了。那光线具有奇妙的力量,能把所有绝望和痛苦都变成可笑且不值一提的东西。

东植旁边的座位是空着的。母亲和东英在他前面并排坐着睡着了。偶尔汽车颠簸时,母亲就会从浅睡中醒来,假装看窗外,然后又因为撑不住脖子把身体靠到了靠背上;东英则一次都没有醒,像个孩子一样睡得很香。

那晚,东英没有回来,直到第二天早上上班时都没回来。中午时分,东植在办公室往家里打电话时,马上传来了东英的声音。

"是你吗?对不起,哥。"

东植没有回答,放下了听筒。

那天快下班时,东植难得想喝一次烈酒。但是他知道,对自己来说,酒是砒霜一样的东西。他默默从办公室同事们中间溜了出来。"能看到文东植前辈醉酒的样子,就好了。""水至清则无鱼,这句话是谁说的来着?""从学生时代开始就认识东植的人,都不那么说啊。"走去公交车站的路上,东植没有想东英,没有想母亲,也没有想滔滔不绝的同事或前辈们,只是看着城市建筑物之间散去的红色云团。

东植跑到将要开走的公交车门前,勉强挤进去,车内已人满为患。他艰难地爬上台阶,投进公交车代用币后,深吸了一口既缺氧又闷热的空气。东植夹在比自己高大的男人们中间,前胸和后背被挤得无法呼吸。

经过三十多分钟的煎熬旅程后,东植大汗淋漓地下了车。在一条阴森森的小巷里,他看到了一个男人的身影,那并不是幻觉。从黑暗走出来的男人头发剪得很短。东植避开了男人的目光,男人也避开了东植。东植与母亲相视了一眼后,躺进单人房睡了,把母亲独自留在冷清的文具店里。

醒来的时候大概是凌晨三点。母亲连褥子都没铺,就那样蜷缩着睡着了。阴冷的风像往常一样从窗框的缝隙中挤进来,发出呜咽般的声音。黑暗始终没有离开他,整晚在浅睡的他身旁徘徊着。东植起身环顾这寂静的房间,东英的缺席显得格外鲜明。他脑海中浮现出东英在商店的灯已熄灭、没有汽车的大街上,直到遇见另一盏路灯,独自徘徊在黑暗中的情景。

无法再次入睡,熬到天亮后,东植在文具店与东英相遇了。母亲或许是因为等得太晚累着了,还在沉沉地睡着。母亲从来不会那样,所以东植穿上衣服,拿起包,不声不响地关上房门出来了。面对东英无表情的脸,东植感到了强烈的愤怒,自己也没预想到,会马上把拳头抡向东英的脸。把手插进外套口袋里的那家伙,无力地摇晃着。玩具箱应声倒下,灰尘飘了起来。第二拳抡过去时,那家伙结实的手抓住了东植的胳膊,东植刚要挣脱,肩膀就被扭了过去。

眼前是一片乌黑的泥滩。广阔的大地尽是煤炭般的颜色,蜿蜒如蛇的水流泛着鳞光,扎进内陆深处。那似乎是浩瀚海洋的一部分。阳光尽管刺眼,东植依然瞪大眼睛想看清这一切。水流的形态宛如从巨大的深渊中冲破坚硬的泥潭后露出的伤痕一般。那些执着的触手闪烁着光芒，洁白而纯净，似乎在嘲弄自己的恐惧。东植这样想着。

"蝴蝶，蝴蝶，快看蝴蝶。"

车窗外的白蝴蝶扇动了几下翅膀，便被甩到了后面。

"这么冷，居然还有蝴蝶。"

坐在东植后面的几个中学生模样的女孩大呼小叫着。东植不喜欢像丧章一样的白蝴蝶，他闭上眼睛，试图从脑海中抹去挥动白色翅膀的影像。闭上眼，他依然能感受到笼罩整个岛屿的光线。那天早晨，抓着他手臂、凝视他的东英的眼神，和蝴蝶的残像一起印在他的脑海中。在破旧文具店玻璃门映出的晨曦里，那灼热的眼神瞬间瓦解了东植的憎恶。那个眼神，东植以前也见过一次。

是在父亲失踪大概两周后。正在读初中毕业班的他，在傍晚时分接到了从东英的小学教务室打来的电话，叫他把东英接走。母亲为了找到父亲，把店铺和家都抛在了脑后，东植只能替母亲去学校接东英。他摘下校帽行礼时，东英的班主任老师无声地指了指教务室的角落，那家伙站在那里。

据说，这天下午，那家伙和自己的同桌打起来了。那时班主任老师还在前面清扫，刚开始传来了争吵声，随着垂死的尖叫，那小孩把拳头砸向了东英的肚子。听到平时内向、柔弱的东英声嘶力竭的吼叫声，老师跑了过去。把两个大哭的孩子拽到教务室后，在问清楚前因后果前，老师就马上教训了东英的同桌。"先动手的是谁？"听到这话后，满脸湿漉漉的东英同桌颤动着嘴唇，惊人地反击道："这小子用椅子砸了我的脚，不光是砸，您看啊。"孩子脱掉室内鞋和袜子，露出了脚背上深深的伤口，开始放声痛哭。原来是东英高举椅子砸向那孩子的脚后，使劲戳了他的脚。

班主任老师惊慌地问道："为什么这样做？"东英没有回答，只是全身僵硬地站在那里。老师把东英的同桌带到了医务室。拒不交代实情的孩子在劝说下终于抽泣着坦白道："我说东英的爸爸是酒鬼，他糊涂了，就把水当成酒跳了进去。我妈妈和爸爸也是这么说的。"

老师送走那孩子后，让东英也回去，但他一动不动，低着头，蜷缩着脚趾。直到天快黑了，东英还直直地守在那里，据说连呼吸声都听不到。"虽然你心里也很难受，但还得多关心一下年幼的弟弟啊。"老师披上外套，拿起包，示意东植赶紧把这炸弹一样的弟弟领走。

东植朝那家伙走了过去。东英已经长高了许多，个子和差四岁的东植不相上下。"东英啊，"那家伙没有回答，东植伸出手抬起了那家伙的下巴，这时他看到那家伙的眼神像着了火一样炽热，这是第一次看到那种眼神，"走吧。"东植使劲连拽了好几次，东英才像刚才站着时那样直直地走出了教务室。当东植向老师点头致意后跟着东英出来时，东英貌似腿麻一样摇晃着，头也不回地向前走去。从那以后，便再也没见过东英愤怒的样子。

周六上午，东植结束工作后回到家，看见东英在文具店里。出乎意料的是，那家伙正在装火炉。母亲像东英退伍那天早上一样激动，她双手拿着工具好像在帮忙，看见东植进门，立刻炫耀道："你看看，东英把烟筒装好了。这小子，现在已经是大小伙子了。"东英没有和东植对视，低声笑了。"去郊游吧。"母亲脸颊微红，在厨房和文具店来回走动，似乎在准备新的饭菜，"明天我们一家人去郊游吧。"

大巴车到达终点开始减速时，醒来的母亲一只手整理着头发，另一只手摇醒东英。坐在同一辆大巴车上的旅行团、二十来岁的恋人们、带着孩子的年轻夫妇慌忙下车清点着各自的同行人。东植因为起身晚，在通道上又多次让路，所以不得不穿过人群去寻找家人。虽然在车上也感受过，但此时因为没有玻璃窗的遮掩，全身暴露在阳光下，让他感到很欣慰。这种感觉就像是从黑暗的束缚中解脱出来的自由。然而，藏在内心深处的苦涩却无法抑制地涌了上来。那是一种只有在年轻时被疾病彻底吞噬过的人，偶尔才能感受到的悔恨吧。

东英先下了车，耷拉着脑袋，在黑暗中看着很坚实的后背，露在阳光下却显得孤独而无力。那家伙眯着适应了黑暗的眼睛，似乎在艰难地支撑着自己的身体。

一股海腥味袭来，远处隐约传来海鸥的叫声。母亲的头发被海风吹拂着，满头的白发泛着光泽，额头上那些岁月的沟壑中积累的阴影，似乎蒸发殆尽了。母亲和东英看到东植下了车，便缓缓向大海的方向走去。东植默默地跟在他们身后。可能是因为潮差很大，潮水上来了很多，沙滩都是湿的，还能看到细小的贝壳。远处传来了轮船汽笛声。

从一开始，东植就觉得这片海似乎缺少了什么。显而易见少了海浪的声音，不仅听不到海浪声，也没有破碎的白色浪花，只有在退潮时静静退去的波浪而已。东植加快脚步向海边走去，当他和神色淡然的东英并肩时，自周六早上以后，他第一次开口说了话。

"没有波浪啊。"

"是啊，原来就这样。"

"你，来过这里吗？"

"嗯。"

"什么时候？"

"第一次休假的时候，后面也来过几次。"

三年来，东英一次都没有回过家。只有一次，东植还记得公用电话亭那头投硬币的声音和那家伙问候母亲的声音。"妈妈呢？妈妈呢？"那家伙好像听不清他的声音似的，非常大声地喊道,"那边也冷吗?哥!身体还没好吗?哥!"

"这边本来就没有波浪吗?"

"是啊,本来就没有波浪。"

孩子们在玩耍,用细沙堆出城堡,用棍子画好线后拿着贝壳玩抢地盘的游戏。孩子们的手和裤子都泥泞不堪,欢笑声替代海浪声,像泡沫一样散开了。

从后面跟上来的母亲,悄悄牵起了东植的手。"这里还挺暖和的。"

整个岛屿挡住了从东边吹来的寒风,所以海岸上显得温暖舒适。母亲的手也带着些许温度,却布满了皱纹,显得粗糙。东植从去年开始,在母亲的手背上发现了老年斑。他心里时常问自己,年仅五十岁的母亲为何鬓角和四肢都出现了老年斑?母亲并不是轻易表露内心的人,或许是那些紧锁的痛苦,才让她从内开始如此快速衰老的。

母亲一度不相信父亲的死。暴雨滂沱的那年秋天,周边的溪谷水势凶猛。有好几个人都说,最后一次在那里见过喝醉酒的父亲,母亲没有相信。她坚信,父亲会跟往常一样,在冰冷的晚风中哼着歌回家。直到父亲破烂不堪的一只皮鞋在溪谷退水后被发现,母亲才接受了父亲已经不在的事实。

给父亲立坟时,没有尸体,所以只埋了那只皮鞋。母亲没有哭。下葬那天,天气晴朗,东植看到懒于染发的母亲,头发早已花白。从那以后，东植再也没有去上过坟。那年他正在读初中毕业班，直到高中毕业，他时常想象着没有脚、不需要皮鞋的父亲呵呵地笑着坐在坟墓上。他还会想象，月色皎洁的夜晚，父亲站在坟头放声高歌的模样。

东植开始喝酒后，就不再想象了。他开始讨厌那个乐观的想象，那么想念父亲的自己也幻灭了。对东植来说，父亲已经是个活着的灵魂。他是每天晚上轻轻敲打着吊窗唉声叹气的人，是突然跑进文具店后晕倒的人，也是需要妻子和孩子喘着粗气合力抬进屋里的人。每当风刮得厉害的凌晨，东植就会毫无意外地从噩梦中醒来，要脱掉他的衣服，要抚摸他的身体……在噩梦中，被石头划破的肉、与衣服搅在一起的骨头和血管、肮脏的外套和内衣，还有被泥水弄脏的被撕开的裤子，都变成激流翻涌着。东植为了和想象搏斗而喝了酒。可一旦清醒，巨大的痛苦就会袭来。以前他为了一直醉着，会在书包里放便宜的瓶装洋酒，他的生活就这样奔向一败涂地。

他们坐到沙滩上吃起了午饭，是母亲用了一整个早上用心做出来的便当。他们没有大声喧哗，也没有放声大笑，只是时不时安静地聊着天。

"你尝尝这个。"

"好的，妈妈。"

"边喝水边吃。"

"别光这样，妈妈也吃。"

"这不正吃着吗？哎哟，吃得太多了。"

饭后，他们决定登上北边海岸线尽头耸起的小山。母亲说那边视野会很开阔。走过海边，快到山脚时，东植发现了一样东西。被山的影子挡住，一直没看到的那个东西，是埋进海滩沙地里的船锚。满是锈迹并断成两截的钩子，有人的个子那么高，斜斜地相互依靠着，支撑在那里。

"是船锚。"东英喃喃自语道。

"船在哪儿？"东植问道。

东英没有回答，只是把冰冷的视线移到了大海的方向。那里停着一艘陈旧且肮脏的木船，应该是不能开了，看上去是已经用到不能再用后遗弃的。再往前走了一段，东植突然停住了脚步，他好像被眼前的景象惊到了似的浑身哆嗦起来。原来刚刚被山遮住的退潮后的淤泥里面竟掩埋着数十个巨大的船锚。一直到山脚的大岩石前，稀稀拉拉地插着那些船锚，上面生满了斑斑点点的红锈。

就像无数木船在这里抛锚后腐朽的场景，也像船只经过长时间的航海后回来却找不到停泊的地方，最后被海水冲走，只留下船锚消失在茫茫大海后的痕迹。

像巨大的坟墓，像史前留下的脚印，不禁让人联想到无数命运的残骸。绑在船锚两侧钩子上的铁索也已锈成褐色，大部分连接扣都断掉了。东植感觉那些锐利且巨大的船锚仿佛就插在自己的胸口,像拔出来就会碎成粉末的土块一样,感觉到了心如刀割的痛。

东植慌忙背对着那场景,向着山走去。山顶上长满了紫芒,在光的照耀下闪烁着。东英和母亲保持着相互用手够不到的距离。他们用双手扒着一条常人不走而变窄的草丛小路,默默地向山顶爬去。

山顶由几块巨大的岩石构成。一艘驶往中国的船只在远处变成了一个小点,而在它的更远处可以看到德积群岛。西海如此开阔,让人惊叹竟然有这样一片视野辽阔的地方,向西望去,一望无际;向东则可以看到被山体遮挡的小岛景象,有整齐的水田,有树木,还能看到闪闪发光的盐田。

"看那里。"

母亲用手指的地方,正冒着一团团烟。旁边的山着火了,从山顶俯视下去,看起来巴掌大小的消防车正从田间小路驶来。扩音器的声音隐约传来,好像是在号召村民们协助救火工作。笼罩西海那宁静天空的烟雾逐渐消散。

"在这里,连着火都无声无息啊。"母亲喃喃自语道。

他们下山了。

母亲想看完夕阳再回去,于是很快就给自己找了活儿。母亲把袖子撸到胳膊肘,在泥潭中找出螃蟹的呼吸孔。母亲那布满皱纹的手一旦翻开泥土,总能找到海螺或只有指甲盖大小的螃蟹。孩子们一个接一个地围了过来,看到横着爬的螃蟹,笑成一团,母亲也跟着笑了起来。满头白发的母亲被一群孩子围起来的样子,显得十分神奇。

东植稍微离远一点,默默地看着母亲发光的头发丝和因粘满淤泥而变黑的手掌。在下山路上,东植的脸被长得很高大的紫芒划伤,吓到了母亲,她用手绢给他擦了脸,但锋利的芒叶划破的伤口正血流不止。东植看到母亲的手在微微颤抖。

"没事,妈妈。"

母亲继续按着伤口,说:"血,血还是止不住啊。"

"好了,总碰它更容易发炎。"

此时,伤口不再流血了。东植记得在自己枕边整宿都不睡的母亲。大学毕业的儿子躺在病床上与死神搏斗时,母亲都没有呻吟过一声。有一次,东植出去散步回来后,脚掌的红斑流血,那时他清楚地看到母亲用尽全力给他绑纱布的面孔。不知道的人可能会觉得她很冷酷无情,但他从母亲面无表情的脸上可以分辨出咬着嘴唇的牙齿的形状。

东植时时刻刻想要逃离目前的生活。他想不用别人搀扶独自走路;想领工资回家;想乘坐拥挤的公交车上下班;想听领导的训斥,等到下班后在酒桌上说他们的坏话;想和女人一起生活,生个孩子;想在胸前戴上按时接种疫苗长大的孩子们用小手做的康乃馨。他希望把自己的双脚深深地埋进土壤里，在上面浇水，让它们发芽生长；他希望在那片郁郁葱葱的树荫下，白发苍苍的母亲可以安然入睡。他从去年开始交公寓认购金。他想要离开，永远离开那个地方，不想再看到父亲以实体或灵魂的形式再次出现。在东英回来之前，东植一直相信这点。他相信父亲的阴影已经流向遥远的地方，已经从自己的家谱中注销了。

天色渐暗，孩子们跟着他们的父母一个个离开。母亲独自一人正用手拨弄着泥土。东植注视着母亲的一举一动，抬起了头，他没看到东英。他想，他应该去找东英，想和东英说点什么。他应该告诉东英，不要背叛自己的信念和希望，不要把他们的家族再次推向黑暗。他想说，如果可能的话，希望东英消失。朝着最黑暗的地方，朝着山影笼罩的海岸，东植快步走去。海水慢慢上涨，轻轻掩盖了整个下午缓慢退潮时留下的或缓或急的水流痕迹。

他踩着泥土，裤子上溅了泥点。东植觉得这片海滩寂静到让他有种不祥的预感，只有海水慢慢涨潮的声音。像是第一次躺在爱人身边的女人一样，像是缓缓脱去衣服，小心翼翼地用嘴唇滋润着那僵硬的身体一样，水波静静地涌向泥潭。东植突然感到一阵眩晕，空气中弥漫着一股奇怪的海腥味。

东植走到聚集着船锚的地方。潮水涨上来，沙滩上的船锚已经被海水没过了一半。

那家伙就站在那里。

"东英啊。"

想过去看他的侧脸时,东植发出了低声的悲吟。他那被黄昏照到的脸是血红色的。

玻璃门发出刺耳的声音后倒下了,母亲大哭了起来,问:"是谁打了你呀?"脸上有血迹的父亲倒在了玻璃碎片上。他的拳头和衣服上到处是血。"呵呵呵……"父亲笑了。笑着笑着又哭了起来,抽泣声越来越大。每当红色的拳头砸向玻璃碎片时,都会溅起细小的粉末。"爸爸!"母亲推着东植的后背说道:"你赶紧进去!"东植摇了摇头,颤抖着嘴唇,抱住了母亲的腿。"要脱下他的衣服,要洗他的身体!……"

"哥。"

逆光下漆黑的脸挡在了东植面前。东植紧紧捂住自己的脸颊,脸上刚愈合的伤口再次裂开,他的手上沾染了淡红的血水。

"别管了。"

东植甩开了那家伙的胳膊。

晚霞正染着大海。那些尖锐的船锚正在燃烧。夕阳照射不到的地方一片漆黑,已经无法知道那里有什么在摇曳了。

"为什么?"东植微微颤抖着喃喃自语道,"为什么你一点都没变?"

寒风越发刺骨。东植的呼吸逐渐变得平稳。染红的云层正悄无声息地渗入漆黑的海中。他觉得被寒风刺痛的伤口反而更能忍受。东英将外套拉链拉到顶端。在黑暗中,他的肩膀再次变得结实,目光也变得更加坚定。

"哥,你为什么生病了?"东英没有回答,却反问了一句出乎意料的话。

"哥,你为什么喝酒了?"

"……"

东植正准备清清沙哑的喉咙说点什么,但张开的嘴唇瞬间僵住了。因为东英默默地开始脱着皮鞋,把皮鞋和袜子随手扔在海滩上,赤着脚朝大海走了过去。

潮水涌上来了。刹那间,那静谧的波涛似乎在抚摸着一群船锚,仿佛将无数命运无声无息地推向海岸。

母亲沿着海浪慢慢走来。东植顾不上东英扔下的皮鞋,朝她跑了过去。就在他刚到母亲跟前,想叫一声"妈妈"的一瞬间,先从她的嘴里发出了短促的惊叹。

东植急忙转身,顺着母亲那渴望的目光望去,燃烧的船锚正沉入海底。他看到一个男人暗红色的身影从里面摇曳着走出来,仿佛在波浪中跳舞一般。